我將在明日逝去
Tomorrow, I will die. You wi
而妳將死而復生
4
~Sunrise & Sunset Story~
U0045666
藤まる
Fujimaru
illustration H2SO4
Kadokawa Fantastic Novels

Prologue 010
CUT1
雪瑚要尋找哥哥的真命天女 017
CUT2
妳變成情人節的邱比特 059
CUT3
性感美夢將在明天走入歷史，英雄則重披戰袍 085
CUT4
我將在明日逝去，而你將死而復生 135
CUT5
雪瑚在聖誕節扮演聖誕老人，而妳將死而復生 185
epilogue 236
Tomorrow

少女提筆勾勒出一字一句。
寫給最喜歡的那個人。
寫給拯救了自己的那個人。
寫給明天將死而復生的你。
但願能夠在夢中、在你的面前，成為一道永不熄滅的光芒。
少女在不可思議的筆記本上寫下生命。
Tomorrow, I will die.
You will revive.
~Sunrise & Sunset Story~

風城隆行
坂本秋月
木下 薰
坂本雪瑚
夢前 光
「只要有大家在，
必有我在。」

Kadokawa Fantastic Novels

是扮演英雄時發生的邂逅，也就是與小霞的邂逅。
卻因此讓他淺嘗到了幸福的滋味，少女不禁感到莞爾
每次想像到當時的情景，臉上便會浮現笑意。
『呀哈！波菜！』
少女終於忍不住大笑了出來。
那次他為了保護小霞，挺身對抗小混混，變成班上的英雄。
班上第一的小混混——但私底下是個小孬孬的他，為了女孩子挺身而出。
最後還寫下了這段話。
一想到那些事，少女不笑出來也不行了。
『幹得好，英雄。』
『幹得好，英雄。』
接下來的這段對話，可以說是少女最珍愛的一段記憶。
少女至今仍記憶猶新。
看到這段話時，確實在某方面有股與他心靈相通的感覺。
之後少女繼續回味著許許多多的記憶，臉上始終掛著笑容。
自作主張想要湊合他跟小霞的那次。

少年跟他誤會少女的死因，而自己只能在一旁守護的那次。
雪瑚的情書騷動讓大家搞了一場烏龍的那次。
少女對去見母親這件事猶豫不決，兩人因此吵架的那次。
另一對人格對調現象——拯救了隼人與千秋的那次。
……
每個記憶仍能夠清晰地浮現在腦海中。
當時在想什麼、做了什麼。
他在想什麼、做了什麼。
無論是哪一件事，全部都是美好的回憶。
無論是多麼雞毛蒜皮的小事，都是永生難忘的寶貴插曲。
少女露出微笑。
回想著那段無可替代的幸福日子。
同時，想起了一件事。
這些無可替代的日子——不久就要結束了。
雖然遺憾，但這也是情非得已。命運註定必須要有一方消失。
所以要消失的當然是自己。最重要的是，少女不希望讓他犧牲。

少女是發自內心希望他能夠獲得幸福。

僅憑著這個願望——讓少女總是能夠擦乾眼淚。

…………

……然而在這時——

少女突然有個想法。

如果自己消失之後——

然後——然後——

他還會記得自己嗎？

他還會永遠喜歡著自己嗎？

少女陡然感到不安，陷入恐懼之中。

在自己消失之後的世界。

他是否還會作為少女的另一半活下去。

他是否——

唔！

就在這時。

少女像是想到什麼似的抬起臉來。

有了。

有個辦法。

只有這個辦法能夠讓自己起死回生。

這個好主意讓少女揚起嘴角，心情為之一振，靈感有如雨後春筍般地冒了出來。

只要藉由這個辦法，自己或許可以再次死而復生。

既然已經決定，就不需要猶豫了。

少女占據著那具熟悉的少年身體，開始展開行動。

要挑什麼時候？好，挑聖誕節吧。

向聖誕老人許願——在神聖的夜裡，再次死而復生。

那要拜託誰最妥當？果然還是那個人吧。

那個人是最站在我這邊的人。

少女面帶笑容，沒有任何事情會讓她畏懼。

即使太陽西沉，仍會再次東升。

彷彿為了證明這件事，少女奮力地站了起來。

好，開始準備吧。為了太陽不再升起的那一天。

為了讓太陽在高掛明月的夜空中再次升起。

於是編織出這麼一小段故事。

——Sunrise & Sunset Story——

Tomorrow, I will die.
You will revive.
~Sunrise & Sunset Story~
CUT1
雪瑚要尋找哥哥的
真命天女

交換日記。

意指複數的人共同使用一本日記本，按照順序書寫日記。

——

很突然的，我在今年春天開始與人交換日記。

對方還是十七歲的高中女生。

日記內容不光只是記錄彼此的日常生活，還會聊到戀愛話題、煩惱諮詢以及自身的困擾。從再平常也不過的閒話家常到開黃腔，話題相當廣泛。擅長畫畫的她會用可愛的自畫像來點綴日記，內容總是多采多姿。

相信用這種方式介紹，全國各地沒女人緣的處男會發出「好羨慕！」「我也想跟高中女生交換日記！」的聲音，也不是什麼奇怪的事。

遺憾的是，我跟她不是在寫普通的交換日記，有兩個致命性的差異。

總之，首先是第一點。

與普通的交換日記的不同之處，其一。

那就是交換日記的對象是「夢前光」，那個無敵霹靂大笨蛋。

「那傢伙……」

開始交換日記後，經過了四個月左右，暑假的某天早上。

一大清早看見她——也就是「夢前光」的交換日記後，我忍不住開始抱怨起來。

『坂本秋月同學，早安！你今天也有露出凶惡的表情嗎？今天啊，我原本要去補習，但因為天氣很好，所以，回過神後，我發現自己蹺課跑去市民游泳池玩了☆對不起喔，施展念力！』

「什麼施展念力啊，真是的……」

從這篇日記所示，真不知道要說這女人是笨蛋還是天真。無時無刻會惹麻煩跟做蠢事，總是給周遭的人帶來困擾。不久前在網路上買東西時，把10跟100搞錯，導致買了一百個巨乳滑鼠墊，搞出這種愚蠢至極的鳥事。應該說那種東西也不需要買到十個吧，到底是有什麼用途。

「可惡，老是給人添麻煩的傢伙。」

我嘆著氣，繼續閱讀日記。

不過，要是這傢伙單純只是個愚蠢少女，也不至於給我帶來困擾。妳說蹺掉補習

跑去游泳池玩？哈哈，真是個蠢傢伙啊——明明是可以笑笑帶過的事情。然而，遺憾的是，有理由讓我無法這樣輕鬆以對。

也就是與普通的交換日記的第二個不同之處。

所以接下來是第二點。

與普通的交換日記的不同之處，其二。

那就是夢前光其實是個已經死去的少女，而且還是昨天的我。

……只憑這樣的解釋，我想就算頭腦再怎麼好也無法理解，但我沒有胡扯，我說的全是真的。

四月上旬的某個雨天，夢前光發生車禍死在我面前。當時，有個神祕人物脅迫我「將你一半的壽命分給她吧」，於是我回答「儘管拿去吧」——

結果夢前光「每隔一天便會占據我的身體」，用這種前所未有、讓人困擾到無以復加的方式起死回生。

換句話說，今天我還活著，但到了明天，身體與意識會完全被夢前光占據。對調的這段期間，彼此都不會留下記憶，所以體感時間其實只有一半，等同於壽命的一半。給我搞這種文字遊戲。哈哈哈哈哈……哈哈…………唉。

於是我們展開了雙心同體的生活，由於輪流使用同具身體，我們甚至無法與彼此交談。所以才會開始寫交換日記。歸功於交換日記，我們是雙心同體的事情才得以不被任何人發現，過著平穩的生活。

……我原本是這麼想。

我的意識回到手上的日記本，繼續往下閱讀——

『——好，接下來才是正題……其實我準備回家時，又犯了老毛病，不小心闖進女子更衣室！最後連警察都到場，鬧得很嚴重，但我穿著海灘褲全速逃回了家裡！稱讚我稱讚我♥』

「誰要稱讚妳啊！笨蛋！用我的身體胡作非為！」

對昨天的自己寫下的愚蠢日記咒罵完，我仰天發出「唔哇啊啊……」的哀號。

「明明一直叮嚀她要意識到自己現在是男人……」

總之，再次如這篇日記所示，我們雙心同體的生活，每一天都有如龍捲風過境。擅自闖進女生廁所或是更衣室，對昨天的我來說只是家常便飯。因為這幾個月來，我每天都會遭遇到更誇張的事情。

「不過既然她玩得開心就算了。」

接下來日記上寫著**『為了賠罪，小光特地畫了在女子更衣室所目睹的銷魂畫面！呼**

呵呵，要答謝我的話，五盒樂天哮熊餅就行了，夥伴！』，並附上十八禁插圖，我不禁再次嘆了一口氣——為什麼會把賠罪用的插圖拿來討謝禮啊——我這麼說道。真是個恣意妄為的傢伙。

每天早上都要像這樣大吐苦水完，我才會走去洗手台洗臉。嗯，完成這一連串的儀式，才終於有一天要開始的感覺。

「哥哥，你總算起床了嗎？」

我一邊思考著這些事，走到客廳時，劈頭而來的就是這句話。同時，正在客廳看電視的少女，一臉不悅地走了過來。

「雪瑚，早安。」

「已經是中午了耶。雖說是暑假，但哥哥過得未免太散漫。」

我慵懶地打招呼，只見雪瑚擺出咄咄逼人的口氣與態度。哎呀哎呀，今天還是老樣子，板著一張臉。

她是我的妹妹坂本雪瑚，今天春天升上國中。

有著嬌小的身材，特徵是前長後短的鮑伯短髮。臉上鑲著一對水靈大眼，顯得相當可愛。只要露出笑容，想必會成為班上的風雲人物。

沒錯，只要露出笑容的話——

因為雪瑚從以前便很冷淡，容易生氣，總之在與人相處方面可以說是不擅長到極點。拜此之賜，不但交不到朋友，放暑假後也是每天都窩在家裡。真是的，這些缺點跟妳老哥如出一轍啊，真是可憐的傢伙。真是……可惡。

「媽媽呢？」

我抹去眼淚，詢問雪瑚，她仍用不悅的口氣回答：

「媽媽因為突然有工作，一大早就出差去了。既然曉得了，就趕快煮午餐吧。雪瑚肚子餓了。」

雪瑚不悅地擺出平常那張苦瓜臉。

「真是的，都是因為哥哥睡懶覺，害雪瑚連早餐都沒吃。哥哥真的很沒用。」

「是是，真抱歉啊。」

由於雪瑚碎碎唸個不停，於是我圍起圍裙，隨便敷衍她。嗯，今天還是老樣子啊。

「你真的有在反省嗎？要感謝雪瑚好心沒有去叫醒你。」

「哦，是這樣啊。」

雪瑚繼續抱怨著，但她平常就是這樣，所以我沒有放在心上。好，今天的午餐要煮什麼好，呃，冰箱裡面……什麼都沒有。

「哥哥應該重新反省一下對待妹妹的態度，總是給我帶來困擾。」

「啊，是啊。」

有蔬菜，做炒飯好了。

「明明有這麼棒的妹妹，卻感受不到你的感謝之意，讓雪瑚感到很不滿。」

「啊，可能吧。」

在平底鍋倒進油——咦？油呢？

「既然這麼覺得，那你應該要摸摸頭、抱抱她……更……更多加表現出濃濃的兄妹之愛。哥哥真的很不懂得察言觀色耶。」

「啊，說得也是。」

唔啊，結果油用完了。真是的，老媽是在搞什麼啊。

「曉……曉得的話，就趕快以身作則啊。至少應該要有『來～♥』餵妹妹吃飯的氣魄。」

「嗯，等一下喔。」

真是沒辦法，既然有麵包，就做三明治好了。雖然只有菜類，但對身體也比較健康吧。

「只……只要你這麼做，雪瑚也願意服務一下哥哥喔……像……像是一起洗澡之類的……」

「哦，真辛苦耶。」

我像平常那樣敷衍著雪瑚的碎碎唸，將蔬菜夾在麵包中隨意切塊。要讓麵包不會因為水分而變得糊糊的，祕訣是先在麵包裡塗上一層奶油。

於是經過了五分鐘左右。

我將完成的三明治擺盤，端到雪瑚面前的餐桌上。好，盡情吃個痛快吧，妹妹。

「…………」「…………」

然而雪瑚卻沒有任何動靜。

「怎麼了？雪瑚，妳不吃嗎？」

「我要吃。」

「…………」「…………」

咦？那為什麼一動也不動？應該說，為什麼臉頰有點紅？

「還……還不快一點，趁現在沒有人會看到。」

「嗯？什麼？」

…………嗯嗯嗯？

「啊。」

莫非是那個意思？是在等哥哥先開動嗎？原來是這樣？

真是的，本來覺得她是個老愛發牢騷的傢伙，居然不知不覺間變得懂得體恤他人了啊。那我就不客氣地先開動了。

「那我就恭敬不如從命——」

於是我拿起番茄三明治咬了一口。嗯，不愧是我做的，真好吃。來，雪瑚，妳也可以吃了。嗯？為什麼她滿臉通紅地緊閉雙眼，還張開著嘴？嗯嗯？為什麼正當她微微張開眼睛時，看見我正在吃三明會猛然睜大雙眼？嗯嗯嗯？為什麼她突然站起來擺出架勢？嗯？咦？呃？

咦——狀況……不妙嗎？

「為什麼你自己先吃起來了！笨蛋哥哥————！」

「啊唔唔唔——！」

下一個瞬間。

額頭吃了一記貓拳，我遭到當場擊倒。雪瑚開始拚命啃著三明治，並拋下「所以哥哥才會是處男！」這句話後，便躲回自己位在二樓的房間。咦？咦咦咦？

「那傢伙是怎樣啊……真搞不懂……」

我對妹妹的奇怪行徑感到納悶，但想到她正處在思春期——於是決定停止思考這件事，拿起生菜三明治吃了起來。真是的，真是個奇怪的妹妹。

雖然受到妹妹莫名其妙的暴力對待，但我像這樣子過著還算平靜的暑假生活。然而，不變的是，我與夢前光的雙心同體是不可能有風平浪靜的一天。

隔天，立刻在我不知情的情況下，明天的我似乎又引起了一場風波。

將我妹妹——坂本雪瑚也捲了進去。

●●◖◖☼◗◗●●

「不可能。」

在七月接近尾聲的某一天。

原本平凡無奇的暑假，某天突然發生了一件事。

雪瑚獨自躲在房間，蹲在房間角落，回想著方才發生的事情。

不可能……不可能會發生這種事。

絕對不可能，雪瑚我才不相信這種現實。

「哥哥……為什麼要做那種事？」

那個遲鈍又笨拙的隱性帥哥，長髮散發著宜人香味，沐浴後的結實胴體也顯得性感無比。那樣的哥哥居然會做出那種事。

「嗚嗚……」

果然很奇怪，雪瑚才不會相信這種現實，雪瑚無法接受。

所以——

「絕對，我絕對要找出真相。」

雪瑚最喜歡的哥哥。

找出哥哥的——

「真命天女。」

「我看到哥哥在包裝禮物，他說要送給一個特別的人。那份禮物前陣子從桌上消失了。」

「嗯？」

時值下午時分。

蟬鳴聲縈繞於耳，我汗水淋漓地踩著腳踏車，數十分後來到哥哥就讀的櫻姬高中。

此趟的目的當然是哥哥……不對，是保健室。

日照過於充足的南側建築物，保健室正位於該建築物的一樓。

雪瑚無法進入校舍，所以從外頭走到保健室的窗外，試著窺探裡頭的狀況，只見室內有名保健老師正在優雅地玩著手機遊戲，似乎沒有發現到雪瑚，於是雪瑚從敞開的窗戶向對方說道。

「我在追查這件事，妳有什麼線索嗎？」

那傢伙一看到雪瑚，莫名露出開心的笑容。

「呵呵呵，在回答之前，請問這位可愛的小妹妹是哪位啊？」

「我叫作坂本雪瑚，是二年二班的坂本秋月的妹妹。」

「哦！是秋月同學的……」

那傢伙一瞬間露出驚訝的神情，走到窗邊後，轉而露出更為燦爛的笑容。是……是怎麼回事？

「這樣啊，原來秋月同學有妹妹。」

日雲史黛拉。

是哥哥就讀的櫻姬高中的保健老師，傳聞中的壞女人，利用婀娜多姿的惹火身材恣意勾引男學生。

春天當跟蹤狂……咳咳，是在執行保護哥哥的任務期間，目睹她和哥哥兩人躺在床上那一幕開始，便一直苦惱著怎麼除掉她。

「呵呵，真可愛，妳的眉毛長得跟秋月同學很相似。」

「不不……不要亂摸！」

日雲將手伸出窗外撫摸雪瑚的眉毛，那隻手隨即被雪瑚揮開。一股女人的芬芳瞬間撲鼻而來，讓雪瑚感到一陣暈眩。唔唔，她在捉弄我。

「呵呵，對不起喔。」

真是的。白衣底下的雙峰彷彿隨時呼之欲出，豐滿的大腿大面積地裸露在外，這所學校到底是怎麼回事。哥哥可是飢渴的處男，拜託顧慮一下這點。

「所以妳是在追查哥哥送禮物給誰嗎？」

「沒錯。」

「哦，原來如此。這樣啊……」

保健老師搖晃著過長的馬尾，露出一副目中無人的笑容——

嗯？

「……順道一問，為什麼雪瑚妹妹要追查禮物的下落？」

居然問了這種問題。

「沒……沒有什麼特別的原因。」

「哦，這樣啊。原來如此。呵呵，秋月同學真是辛苦啊。」

唔唔唔，這傢伙真讓人火大。

「所以？妳懷疑我就是那位『真命天女』嗎？」

「是的。哥哥收藏了很多部跟保健室老師做色色的事的影片，所以我認為是老師的可能性很高。」

「哦……」

我隨時會查看哥哥的電腦，每當私藏影片資料夾的密碼改變時，我就得花費好大的功夫去破解密碼。只是資料夾的標題偶爾會變成『**這個資料夾的容量是5GB，若有任何藉口，請說**』或是『**昨天讀取這個資料夾的時間為上午八點四十五分，你一大清早就在做什麼啊**』或是『**話說回來，昨天上午八點四十五分是光●美少女的播放時間，難不成你是對小女孩看的動畫感到色欲薰心……**』，這是在玩什麼自虐遊戲嗎？

「不光是這樣，之前他看到新聞在播醫生犯下的偷拍案件，嚷嚷著『簡直是人神共憤的行為』，結果隔天卻穿上白袍對我說『**雪瑚，我們來玩扮醫生遊戲吧！請妳一臉嬌羞地撩起衣服，呼嘿嘿**』，真是噁心到了極點。」

哥哥真是的，居然那麼大膽地想對我做觸診……呀啊♥

「原來如此，秋月同學有這種癖好啊。扮醫生遊戲……有一試的價值，呵呵呵。」

唔，為什麼露出一副女人的撫媚模樣，我提供太多內幕了。

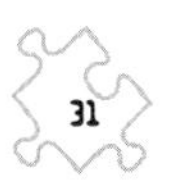

「回到正題，妳有收到哥哥的禮物嗎？」

「嗯？這一點妳大可放心，很遺憾的，我沒有收到任何禮物。」

……呼。

「放心了吧？可愛的雪瑚妹妹。」

「唔……」

保健老師邊說邊用那隻美麗的玉手撫摸雪瑚的頭。唔。

「我……我只有這件事而已。打擾妳了，再見。」

繼續待在這裡感覺會被捉弄，應該立刻撤退。

「呵呵，雪瑚妹妹，等一下。」

正當雪瑚如此心想，日雲卻從身後抓住雪瑚的肩膀。

怎……怎麼回事？

「最近秋月同學都不太來保健室玩了。所以，老師感到有點寂寞。」

「所……所以又怎樣了？」

「所以看到神似秋月同學的雪瑚妹妹，莫名感到春心蕩漾。」

「啊？」

咦？她……她是在說什麼——

「所以呢，雪瑚妹妹……」

保健老師邊說邊從背後勾住雪瑚的頸項——

「要不要跟老師……玩扮醫生遊戲？」

——呼。

「唔————！」

她她她……她對我的耳朵吹氣了！

「呵呵，妳流口水了喔。」

不……不要戳雪瑚的臉頰！為……為什麼用發現爬蟲類發現獵物時的眼神看著雪瑚！為什麼將手指移向雪瑚的嘴唇！這……這個女人果然很危險！

「先先先先失陪了！」

「啊！」

雪瑚驚慌失措地甩開日雲的手，連頭都沒有回，立刻拔腿逃離了現場。

好……好險……感覺差點就要失去了什麼寶貴的事物，流了一身冷汗……

「必須小心那傢伙才行，也必須要告訴哥哥……」

總之已經曉得那傢伙沒有收到禮物，暫時可以放心了。

既然如此……

「下一個目標是那個女人。」

「我看到哥哥在包裝禮物，他說要送給一個特別的人。那份禮物前陣子從桌上消失了。」

「咦？」

離開高中後，雪瑚接下來前往附近的公園。

雖然遊樂設施不多，但設有造型別緻的長椅與花壇，是一座景觀美麗、氣氛祥和的大型公園。那傢伙正在跟飼養的大型犬寵物玩耍，雪瑚劈頭說出這句話。

「我在追查禮物的下落，妳有什麼線索嗎？」

「下……下落……？」

真田霞。

是哥哥的同班同學，特徵是紮著兩股麻花辮子的淫蕩女人。這個罪大惡極的女人，奪走哥哥的唇瓣、對雪瑚造成一輩子無法抹滅的創傷。當雪瑚得知這個女人被哥哥甩掉時，忍不住向天空高高舉起拳頭。反正只是專門賣弄情色的女人，活該♪

「坂……坂本同學準備了禮物？」

「是的，那個禮物不見了。」

她泛起不安的臉龐底下，陣陣搖晃的巨大雙峰讓人感到礙眼不已。

我永遠不會忘記哥哥帶這個女人回家時的事情。她大言不慚地對雪瑚說了一句話。

『我希望妳能喊我姊姊。』

什麼……唔唔唔，當時雪瑚真想像擠牛奶一樣，將小霞全身的血液從那對胸部擠出來。我死都不會這樣喊。

「哥哥是巨乳迷。上次在看有模特兒客串的節目，口口聲聲說『胸部的大小一點都不重要』，隔天卻大喊**『以前朋友都讓我盡情摸胸部！戒斷症狀啊～！好想把臉埋進巨乳當中！』**」

以前是什麼意思？而且聽到接下來的那句話**『既然如此，就用雪瑚……不，可是只憑那個大小……』**，我當下想把哥哥的胸膛毆打至腫起來。雪瑚也希望自己至少有A……嗚嗚。

「坂本同學真是的……居然想埋進巨乳當中…………我明明很願意啊……」

「妳剛剛說了什麼？」

我剛剛好像聽漏了不容聽漏的字眼！

「啊，沒……沒什麼！所以妳想問我有沒有收到禮物嗎？」

「是的。妳有什麼線索嗎？」

給我從實招來。如果這個女人是哥哥的真命天女，雪瑚已經做好犯罪的心理準備。膽敢奪走哥哥的唇瓣……

「嗚嗚，我沒有收到禮物……坂本同學到底是送給了誰……」

活該。妳應該要慶幸，因為妳今天撿回了一條命。

「雪……雪瑚，那份禮物是什麼東西？」

「咦？」

正當我在內心擺出勝利手勢時，那個女人突然拋出了一個疑問。

「啊，呃……呃……我……我只有看到外盒，所以不曉得。」

「這樣啊。嗚嗚，沒有送給我啊……坂本同學……」

這是當然的，跟妳只是玩玩罷了。

「是送給了誰啊？好懊悔喔，如果被我發現，我絕對要…………」

…………

絕……絕對要怎樣！這傢伙好可怕！

「雪……雪瑚只是要問這件事而已。那麼雪瑚先走了。」

「說得也是，真羨慕哪，居然這麼喜歡對方。既然如此，就用強硬手段……（喃喃

自語）」

那個女人耳裡已經聽不進任何話語，雪瑚姑且向她道別後，便轉身離開。她的眼神感覺很不妙，最好不要跟這種人有所牽扯。

然而。

「唔……」

原本跟辮子女在玩耍的大型犬，不知何時擋在公園的入口。

唔唔，雪瑚討厭動物，而且還是這麼龐大的黃金獵犬。與飼主相似的毛色讓人看了更是一肚子火。

「噓……噓！到別的地方去！」

雪瑚做出驅離的手勢，反而被大型犬瞪視。

不……不是這樣，你主人會露出可怕的表情不是因為雪瑚的關係，不要誤會。所以不要再接近——喵！

「呃，住……住手！哇啊啊啊啊啊——！」

「汪！汪！」

不祥的預感應驗了。

那隻壞狗原本朝著雪瑚走去，下一秒突然飛撲了過去。而且——

「哇啊啊啊啊啊！呃，不可以！不可以舔那種地方！」

這個大色狗，不只把雪瑚壓倒，還舔著全身上下的衣服，試圖掀開。

「拜……拜託你，快停止！不可以舔那裡！」

快給我離開！煩死了！連性欲都與飼主一模一樣嗎！

「喂！那……那位飼主！快救救我！我的裙子要出事了！」

再不快一點，連內褲都要……！

我拚命發出求救，飼主卻完全陷入自己的世界之中，露出幽暗的眼神不停喃喃自語

——

「喂——！拜……拜託妳快救救我！狀況真的很危急！」

在那位笨飼主的身後，雪瑚整個人陷入險境。

這隻變態狗！要是再繼續下去……住手住手！我的屁股很怕癢啦！

「救……救救我！」

「不可抗力……要如何裝成巧合……」

「求求妳！救救我！我保證以後不會在部落格上說妳的壞話了！」

「既然我擅長假裝跌倒，之後只要練習閃到腰……」

「喂，拜託快救救我——」

「然後利用拚命練習的『用嘴巴』——」

啊啊，真是的！

「救救我——『姊……姊姊』！」

「呃？有人叫我——啊啊啊！梨斗！你……你在做什麼！不可以！」

多虧飼主衝過來搭救，渾身沾滿口水的雪瑚才得以脫困。話說回來那個名字是怎麼回事，一副就是會建立後宮的名字。（註：暗喻《出包王女》的男主角結城梨斗）果然這些傢伙都很淫蕩！

雪瑚滔滔不絕地教訓完頻頻賠罪的淫蕩女人，精疲力盡地前往下個目的地。嗚嗚……屁股被那隻壞狗舔過後感覺癢癢的。居然舔雪瑚的小巧臀部……真是沒禮貌的傢伙！

不過，既然有掌握到情報，就網開一面吧。

「看樣子那傢伙也不是真命天女。」

換句話說，剩下的是——

「我看到哥哥在包裝禮物，他說要送給一個特別的人。那份禮物前陣子從桌上消失了。」

「哦。」

在炎熱的高溫下，雪瑚再次踩了十五分左右的腳踏車，拖著疲憊不堪的身體，來到一間獨棟房屋。

雪瑚按響門鈴，並將一個名字告知出來應門的大嬸後，在玄關處等了十秒左右。緩緩現身的那號人物正是這次的目標。明明是夏天卻穿著長袖，是一個古怪的人物。

「我在追查下落，你有什麼線索嗎？」

「禮物啊。」

面對雪瑚的提問，他交抱起雙臂，顯得很有架勢。

風城隆行。

他是哥哥的朋友，同時也是哥哥的帥哥男友。兩人之間有如蜜糖般的關係，親密到哥哥會拜託雪瑚跟蹤他。而且上次哥哥喃喃自語說著：「讓人站也不是、坐也不是……叫風城小心一點好了，畢竟那傢伙是唯一知道我們祕密的男人。」雖然聽不懂意思，但風城哥哥對哥哥來說，稱得上是獨一無二的人。果然是同志情……吞口水。

「嗯？妳的臉有點紅耶，不要緊吧？」

「咦？不，我沒事！我不是在幻想什麼奇怪的事情！」

好險好險，不愧是風城哥哥，是個會注意到小細節的男人。

我至今還記得第一次跟他交談的那一天，他來家裡作客，我剛好與他碰個正著，結果他誇我「真是位亭亭玉立的妹妹」。聽到他在哥哥面前講那句話，讓我不禁在內心鼓掌叫好！再多稱讚我一點！

「這樣啊。話說回來，妳是說禮物嗎？很抱歉，我什麼都不知道。」

「是這樣嗎？我壓根以為是送給了風城哥哥……」

「不不，怎麼可能。」

風城哥哥一臉錯愕地搖了搖頭。

不不，沒這回事，明明可能性十分之高。

「是之前的事情，我發現哥哥的床底下偷藏著BL同人誌，還有他一臉認真地喃喃著**『風城隆行要到什麼時候才會壓倒坂本秋月』**，所以有充足的可能性。」

「…………嗯，是嗎……」

風城哥哥不知為何露出厭惡的表情。不過，這一定是演技。上次兩人在房間獨處時，我偷聽到哥哥的談話內容。

『風城同學有喜歡的人嗎？』

『咦？為……為什麼突然這麼問……』

『有位十分迷人的男孩子，名叫坂本秋月，你對他有沒有興趣？』

『才沒咧。』

……他們講了這段對話，那句『才沒咧』儼然一副是傲嬌的態度。引人無限遐想哪……

「可是妳說禮物嗎？唔……」

當我沉浸在幻想之中，風城哥哥一臉正經地開始思索起來。

「禮物是……『哪一方』送的？」

嗯？哪一方？這是什麼意思？

這句話讓我聽得一頭霧水，只見風城哥哥彎下腰，用認真的表情與語氣詢問我。

「吶，坂本妹妹，那個禮物不見——是在什麼時候的事情？」

「——咦？」

什……什麼時候？

「我想禮物不見，代表應該是那天送出去。是什麼時候？」

「咦？啊，呃……」

糟……糟糕了……

「是……最近……不見的。」

「我想知道確切日期，只要日期稍有不對，意義就會截然不同。」

「咦？呃……呃……」

為……為什麼要在這麼在意日期？

「對……對不起，我不記得確切的日期了。」

「這樣啊，那就沒辦法了。唔……到底是哪一方？」

風城拋下雪瑚，眉頭更加深鎖，逕自苦惱起來。

「如果那傢伙有喜歡的人，我……」

「？」

那傢伙？是指哥哥嗎？如果哥哥有喜歡的人會怎樣？

「我或許……會因為嫉妒而抓狂。」

「啊哇！」

等等——剛剛說了什麼？

「雖然不太可能，但如果那傢伙跟我不認識的男人……可惡，難道我就不行嗎？」

「————唔！」

不、不妙……這句話不對勁……！

「下次去找她玩好了，想見見美麗的那傢伙。」

果果……果然這個人是傲嬌！

「吶，坂本妹妹，下次我可以去妳家…………咦？」

由於理智已經瀕臨極限，於是雪瑚滿臉通紅地慌忙逃離現場。唔呼呼，得到好題材了。

「話說回來，連風城哥哥都不是那位真命天子啊，唔唔唔……」

而且沒想到會被問到日期，差點——

「差點『謊話就要被拆穿了』。」

結束調查後，雪瑚回到家擦拭汗水，並將牛奶一飲而盡。然後回到房間鎖上門，將窗簾拉上……

「…………」

將「那些東西」放在床上攤開，眺望了一陣子後，雪瑚將之穿在身上。

與倒映在鏡子中的自己四目相交，雪瑚不禁嘆了一口氣。

「…………真是難以置信。」

給人一股乾淨氣息的直筒連身裙、稍顯成熟的靴子，以及看似昂貴的深色包包。看

起來不像是便宜貨——應該是名牌，而且相當昂貴，不可能是心血來潮而買下的東西。

「為什麼哥哥……要送這種禮物給雪瑚……」

前陣子——

哥哥的書桌上擺放著女用服飾。

彷彿十分貴重，儼然像是要送給真命天女的禮物。

雪瑚原本就在注意著是打算要送給誰，沒想到竟然是送給自己。

「唔唔……好……好短……」

裙身不長的洋裝無法遮住雙腿，雖然款式很可愛，但這樣會春光外洩。雪瑚經常跌倒所以更加危險。

「只……只能在家穿……」

暫且不論哥哥，雪瑚絕對不願意被陌生人看見這個打扮。

「話說回來……」

哥哥的禮物。送給雪瑚的禮物。可是——

「這是不可能的。」

這絕對不可能。

雪瑚才不會相信這種現實。

那個遲鈍又笨拙的隱性帥哥，擦汗時的側臉迷人到令人心跳加速，後頸也性感到無以復加。那樣的哥哥居然會做出那種事。

只送給雪瑚一個人。

沒想到會只送這份特別的禮物給雪瑚。

既不是生日，也不是聖誕節，更不是節日，卻送這樣的禮物給雪瑚。無論怎麼思考，雪瑚都覺得這不尋常。

因為無法置信而去向其他人打聽，果然哥哥沒有送禮物給雪瑚以外的人。

特別的人——竟然只有雪瑚一個人。

「嗚嗚……」

即使對這樣的現實感到喜極而泣，雪瑚還是不會相信，雪瑚無法接受。

所以——

「既然如此，只能找本人問清楚了。」

為了不失敗，今天要瘋狂在腦內進行演練，決定明天展開行動。

「我絕對要找出真相。」

雪瑚在這世上最喜歡的哥哥。

哥哥的真命天女——

「到底是不是只有雪瑚一個人。」

「那個笨蛋……」

我拖著因為睡眠不足的倦怠感而疲憊不堪的身體走下樓梯，洗臉刷牙完，迅速吃完早餐，回到房間換衣服，然後坐在椅子上，翻開筆記本，開始閱讀日記。

『不是，才不是我的錯。』

今天劈頭就是這句話。

『我原本打算修眉毛，結果鼻子感到搔癢……忍不住打了噴嚏，但那個噴嚏比我想像中威力還要強……導致眉毛變成超級賽亞人3（註：此階段的超級賽亞人沒有眉毛）**……分、分一點眉毛給我吧……開玩笑的啦……』**

「那傢伙……搞什麼鬼啊。」

我重重地嘆了一口氣。

理由當然是出自自己倒映在鏡子中的那張臉。原本凶惡的長相，變得更加駭人。這下子與其說是小混混，倒不如說是流氓。哈哈哈哈……真是夠了……

『可是可是！為了讓眉毛左右對稱，我有把另一邊的眉毛剃掉喔！這下子怎麼看都只是個小混混吧！太好了呢！坂本同學恭喜你！你試著找回初衷，就會覺得很可愛喔，你就放心地當個小混混吧！』

「是要放什麼心啊，根本是隨便敷衍了事！」

原本就一副小混混的長相，現在少了眉毛，會覺得這樣很可愛的善心人士，找遍全世界也找不到好嗎！要是有那種人，我一定要向對方求婚。

日記接下來隻字未提對眉毛的歉意，只顧著寫最近熱衷的機器人動畫心得。我試著一次跳三行閱讀，最後愁眉苦臉地垂下頭來。完全沒寫任何正經的事情。

害我一大早就猛然失去幹勁，闔上筆記本，承受著倦怠感離開房間。可惡，要怎麼向爸媽解釋才好啦。

正當我思考著這些事情時——

「喔。」

「啊……」

一跨出房門便與雪瑚碰個正著，她似乎是在房間外等待我。

「怎麼了？妳要出門嗎？這麼用心化妝。」

「……不是，我沒打算出門。」

啊，是這樣啊，反正與我無關。

今天雪瑚穿上一套材質看似柔軟的洋裝，搭配一只似乎很昂貴的包包。怎麼回事，她今天看起來有些成熟是因為有打扮過的關係嗎？

「……哥哥，我有事情想問你。」

「嗯？有事情想問我？」

怎麼了？

「我希望你老實回答我……」

「呃？」

臉頰泛紅的雪瑚含糊不清地喃道，一副忸忸怩怩又心神不寧的模樣。眨個不停的雙眼，宛如不停地揮動翅膀的蝴蝶。是怎麼了嗎？

「那……那個，呃，我——」

她用惹人憐愛的模樣磨磨蹭蹭了十秒左右，才終於露出做好心理準備的模樣。

雙唇緊閉的那張臉龐透露出一股強韌意志，於是——

「為什麼只送那份特別的禮物給雪瑚？」

她這麼問道。

「禮物？」

我感到一頭霧水。

呃，這是什麼意思——但我隨即會過意來。喔，禮物是指那件事嗎？

我重新審視雪瑚全身上下，頓時回想起夢前光買了衣服要我送給雪瑚。我完全忘了這個任務，看樣子是夢前光自己送給雪瑚了。嗯，她挑衣服的眼光還算不錯嘛。

所以，那份禮物怎麼了嗎？

「呃……明明不是生日，為什麼要送雪瑚這樣的禮物？沒……沒有送其他女孩子吧？為什麼只有送給雪瑚……」

「哦，是這樣……嗎？」

因為那傢伙的行動難以臆測，所以我對這件事不清楚，但看樣子夢前光似乎只有準備禮物給雪瑚。

總之，我試著推測夢前光的意圖。

…………

……

嗯。

怎麼想都只是一時的心血來潮，應該吧。

『雪瑚穿洋裝的模樣登場了——！串連起人與人的財寶就在這裡！』

應該是這麼一回事吧？

但我當然不能這樣回答。呃，怎麼辦才好，算了，隨便敷衍過去好了。

「呃，是這樣子啦，是一時心血來潮啦。嗯，就是這麼一回事。」

「心……心血來潮嗎？」

然而，雪瑚卻露出無法釋懷的表情。

「……正常來說，只是因為一時心血來潮是不會做到這種程度。明明不是節日……我希望哥哥可以說實話。我對這件事在意得不得了。」

啊……這次難得會緊咬不放。

不過雪瑚從以前就是這樣，老是一直掛念著奇怪的事情。小時候好像也發生過類似的事情？她在我因為肚子痛而痛苦不堪的時候對我說話，我卻敷衍了她，結果她對這件事一直放在心上，晚上突然跑過來，含著淚水說：『雪瑚做了什麼惹哥哥討厭的事情嗎？』之後我陪她一起睡，她才終於釋懷。

好，回憶先擺到一邊，總之要讓眼前的這位公主釋懷才行。話雖如此，不擅言詞的我無法當場編出有說服力的謊話。

所以我最後只能說出曖昧不清的理由。

「沒有什麼特別的原因啦。呃……妳對於我來說，就是特別的人啊。」

「————咦？」

畢竟是親妹妹嘛。

總之我給了一個敷衍至極的回答。

咦，雪瑚？為什麼整個人僵在原地？

「——特……特別的人……？」

「是啊，沒錯。因為是特別的人，所以才送禮物給妳。很正常吧？」

應該吧。

「雪……雪瑚是特別的人嗎？」

「是啊。」

「只……只有雪瑚是特別的人嗎？」

「是啊。」

「雪瑚真的……真的是特別的人嗎？如果你說謊，我要詛咒你一輩子無法與喜歡的人結為連理。」

不要這樣，因為感覺有可能成真。

「是真的真的，ＯＫ？」

「……」

只見雪瑚沉默了下來。

喂喂，到底是怎麼回事？

經過一段沉默之後。

原本以為在這種氣氛下，會從滿臉通紅的雪瑚口中聽到惹人憐愛的話語，但真不愧是我妹妹，只見她用平常那張苦瓜臉看向我——

「哼……哼！既……既然如此，你一開始直接這麼說不就好了！害我白擔心了！惹人生氣！」

結果她大發雷霆起來。

……為什麼突然生起氣來啊，真是個莫名其妙的傢伙。

而且她立刻轉身快步離去。

「喂，妳要去哪裡？」

「我只是要去散步！既然都穿上了，我要出去炫耀給其他人看！」

哎，是這樣啊。

「真是的，哥哥真是給人找麻煩！真是受夠了！」

於是雪瑚氣呼呼地離開了。

嗯，雖然完全搞不清楚狀況，但似乎算是解決了。不過這樣也好，那傢伙生完氣就會打起精神。

雖然說這個還有點太早，但那傢伙要是交了男朋友，對方會很辛苦吧。老是氣呼呼的，莫名其妙就突然發飆。雖然她才國一，交男朋友是之後的事情——但等到她交到男朋友時，我要好好聲援才行。聲援她的男朋友。

「好，難得的暑假，來玩電動好了。」

我伸了個懶腰，手機突然響了起來。

「嗯？是誰啊？這麼大清早——」

…………………

…………

……

「怎麼回事？」

看見收到的郵件讓我不禁感到一股毛骨悚然，加上接而連三寄來的其他郵件。

信上寫著——

『秋月同學，如你所願，來保健室跟老師玩不可告人的扮醫生遊戲吧♥』

『坂本同學，我買了新鞋子，但因為鞋跟很高，要花時間習慣，所以你可以陪我散步嗎？或許我會不小心跌倒閃到腰，導致發生不得了的事情，但一定會出現你所期望的發展。』

『坂本，總之給我整理床底下。昨天的你藏了不好的東西。』

「這是……」

啊啊，又來了嗎？真是夠了——

「夢前光那傢伙，又給我私下亂來。」

反正一定是昨天的我幹了什麼好事。真是的，那傢伙做事情老是不先考慮後果。若妳對我來說不是特別的人，我老早就跟妳斷絕關係了。

我向昨天的那個麻煩製造者大發牢騷，同時逐一回信給所有人。真是的，真希望夢前光能夠學學雪瑚，那傢伙雖然是個古怪的傢伙，但基本上不會把其他人牽扯進來。

「啊？」

正當我忿忿不平地發著牢騷時，又收到了一封信。

信上寫著——

「雪瑚？」

方才提到的雪瑚寄來了一封讓人一頭霧水的信。我一面閱讀著那封信，一面對那傢伙感到困惑。

那封妹妹寄來的、標題為『對雪瑚來說最特別的人』的信。

『修失敗的眉毛——很可愛喔』

Tomorrow, I will die.
You will revive.
~Sunrise & Sunset Story~
CUT2
妳變成情人節的
邱比特

動。

情人節。

正如所知，是女孩子透過送巧克力給心儀的男孩子的方式，來表達情意的浪漫活動。

這麼重大的節日，夢前光不但做出用吃到一半的巧克力來打馬虎眼的過分行為，還惹火妹妹雪瑚，導致拿不到巧克力的悲劇。

然而，同時發生了一件事。

其實是另一件與情人節有關的鬧劇。

是發生在認識夢前光後，經過十個月左右的二月，不久情人節即將來臨。

在我不知情的狀況下，有著黑色羽翼的邱比特開始蠢蠢欲動。

●　●　●　☼　●　●　●

『起床ＮＯＷ！』

『今天也很冷ＮＯＷ！』

『NOW！NOW！』

『這個推特帳號是我瞞著坂本同學偷偷註冊的帳號！』

『我要隨心所欲地在這裡暢談今後的想法與發生的事情！』

『因為在小光消失之後，坂本同學肯定會整天哭哭啼啼。』

『肯定會感到寂寞。』

『所以……小光消失之後，我要用某種方式，讓坂本同學發現這個帳號的存在

……』

『啊啊，原來發生過這種事啊……夢前光那傢伙居然瞞著我做這種事……』

『我要讓你像這樣感到感傷，偶爾回想起小光的事情！』

『我還是……不想被忘記嘛。』

『所以我要在推特拚命發文！』

『也要留下訊息給坂本同學！』

『這件事先擺到一邊，今天早上的日記又讓坂本同學生氣了。』

『可以每天生氣個不停，反倒讓我感到敬佩！』

『我只是用電燈的拉繩來練習一下拳擊而已嘛。』

『結果順勢使出了卓越的昇龍拳，把天花板打穿了一個大洞。』

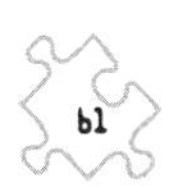

『哼哼！這樣就生氣，所以才會一直都是處男！』
『這都要怪坂本同學的個子太高的關係！』
『不過小光很溫柔，所以會原諒你。』
『還會順便當坂本同學的邱比特！』
『因為情人節快到了。』
『要趁現在使出渾身解數，設法得到大量巧克力！』
『這也是能讓自己分到巧克力的手段。』
『身為處男的坂本同學會感到開心，小光也吃得到巧克力……堪稱一石二鳥！』
『順道一提，小光也打算送點什麼給坂本同學……怎麼辦才好呢。』
『唔……自己的事情之後再說，下次想起來的時候再來煩惱。』
『話說回來，要趁現在鼓吹女孩子們送巧克力給我！』
『首先是小霞！馬上打電話、打電話！』
『…………』
『撥錯人了……』
『不小心撥給美紗貴，還對她說了「小霞！情人節我想要第一個吃到妳的手製巧克力！因我對妳是最——」這番話……』

『美紗貴一直發出「呵呵呵呵呵呵呵呵呵呵呵」的笑聲……』

『大事不妙……』

『……』

『算了♪』

『……』

『不不不！老是這樣隨隨便便，所以坂本同學才會生氣！』

『真沒辦法，來想辦法平衡一下吧。』

『總之，也打電話給小霞。』

『當然是要對她說「美紗貴！情人節我想要第一個吃到妳的手製巧克力！因我對妳是最——」。』

『這樣感覺就公平多了！』

『立刻來打電話。』

『……』

『嗯！很完美！』

『她笑著說「哦，這樣啊，呵、呵、呵」！』

『這樣感覺很公平了吧！』

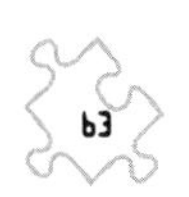

『……應該有吧？』

『算了，總之準備完成！好期待當天啊～』

『那麼今天就先這樣！See You！』

……有股不對勁的感覺。

那天我正常到學校上課，度過了一天。

但不知為何小霞……要怎麼形容才好……壓力？忍不住覺得她一直在施加壓力給我。

怎麼回事，她還說「坂本同學的第一口一定是我的」，是指什麼啊？

更有甚的，放學後美紗貴也說「學長，學長的第一口無論如何都是美紗貴的」。

唔……只猜得到在我不知情的狀況下發生了什麼。

又是那傢伙？夢前光又做了什麼好事？

然而日記上只寫了**『小光的平衡能力很完美！』**一類語焉不詳的事情。跟夢前光沒有關係嗎？唔……

可是繼續思考下去也沒有結果。
最後我放棄追究這件事。

『今天也洗了好舒服的澡啊！』
『今天的坂本同學的小坂本同學也很可愛！』
『喝完牛奶要刷牙！』
『剛剛發現，原來小光跟坂本同學共用一支牙刷。』
『哎呀！真是不檢點！小光身為聖女，居然跟男孩子共用一支牙刷！』
『小光身為聖女！小光身為純潔少女！』
『小光身為端莊的大和撫子！』
『唔唔唔……坂本同學要是有提醒我就好了！』
『坂本同學一定會說「呼嘿嘿！夢前光的牙刷！啾啾！」肯定是這樣。』
『真是的，所以處男才會讓人傷腦筋。』
『總之今天開始我要用雪瑚的牙刷！』

『呼嘿嘿嘿嘿。』

『…………』

『被罵到狗血淋頭……』

『沒想到突然會從背後對我施展迴旋踢……』

『而且不光是這樣，還使出四字腿部固定……』

『然後不知為何還被拋下「雪瑚也要用哥哥的牙刷！活該！」這麼一句。』

『然後然後，雪瑚真的含住了小光跟坂本同學的牙刷。』

『讓我有幸目睹到雪瑚瞬間回過神後羞紅整張臉的一幕。』

『噗噫噫～！臉紅的雪瑚好可愛～～！』

『這件事先擺到一邊，小霞寄了信過來。』

『我看看，她好像是說「巧克力想要什麼配料？」這件事。』

『唔，配料。』

『什麼才好呢。』

『對了！』

『「呼呵呵呵♪我想要小霞的母乳～」開玩笑的。』

『寄出！』

『…………』

『咦？沒有回信。』

『…………』

『是搞砸了嗎？』

『…………』

『算了♪』

『總之，今天的推特發文到此結束！坂本同學要加油！』

『可喜可賀，可喜可賀。』

●●●●●●●●●

好痛痛……

那天在學校放學後。

我悶悶不樂地在寢室捂著腫痛的臉頰。

這是因為小霞突然在學校對我說「怎麼可能擠得出來！笨蛋笨蛋笨蛋！」，連續賞了我好幾個巴掌。擠得出來？什麼東西？真是的……反正一定是夢前光又幹了什麼好

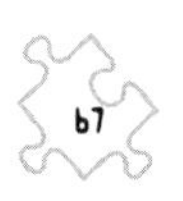

事。

可是昨天的日記上只寫了這段**「喂，坂本同學！你是用小光的牙刷啾啪啾啪吸吸的啾啪王！」**令人費解的文章。我想應該真的沒有什麼意義。真的。

然而讓人在意的是小霞接下來——

「可……可是，坂本同學堅持想要的話，那就直接……吸……」

說了這句話。

好，這是什麼意思？反正一定不是什麼正經的事情。

還是滿頭霧水的我，於是敷衍地說「到時候拜託妳了，我很期待喔」，小霞卻莫名脹紅了整張臉。唔，好像把她的地雷踩到底了。真是的，實在折騰人。

真是沒轍。

●●◖◖◎◗◗●●

『話說回來，坂本同學為什麼都是叫小光全名？』

『一定是因為想叫女孩子的名字！』

『可是感到難為情！』

『所以才會叫全名吧。真是的，真是拿處男沒轍。』

『這件事先擺到一邊，好想摸胸部哪。』

『坂本同學這具身體的缺點就是無法隨意摸女孩子的胸部！』

『唔，只要仔細觀察，會發現他稱得上算是帥哥……』

『乍看之下長相凶惡，但與那股笨拙相輔相成，仔細觀察後會發現其實很可愛，符合廣大族群的喜好……』

『唔唔唔……心癢癢。』

『不能搓揉胸部竟然如此難受……』

『要不是因為小光是有常識的人，就直接對路人襲胸了！』

『要是生下來沒有常識就好了……嗚嗚。』

『唔～～～男孩子的身體好無趣！胸部胸部！』

『就算能夠在大眾澡堂欣賞男孩子的臀部，根本划不來！』

『雖然那也是一種快感……』

『呼嘿嘿嘿♥』

『牢騷先擺到一邊，坂本同學的胸部會不會有點太漂亮了？』

『舉例來說，宛如三月下旬的櫻花色澤。』

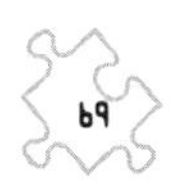

『色澤淡透、虛幻飄渺，帶著一抹醉人的韻味，宛如甜中帶酸的春天芬芳。』

『顏色合格、光澤合格、形狀合格。』

『唔唔，莫名有股火氣上來了。』

『明明長相凶惡！這明明只是少數族群的需求！』

『從今天開始，我要將坂本同學命名為粉紅乳頭俠！』

『正當我一個人演著獨角戲時，有人寄了信過來。』

『是美紗貴。』

『我看看，「情人節到了，我會準備令人驚艷的美紗貴。你期望看見什麼樣的美紗貴？」』

『噗噫噫噫～！清純的美少女學妹好萌～～！』

『嗯嗯，我想想。』

『美紗貴還是適合當抖S！』

『裝備上皮鞭或是綁縛用具，把人踩在腳下。』

『最後還吐口水，命令喊她女王殿下！之類的。』

『呼嘿嘿……光是想像就感到好銷魂……』

『總之，我期望看見這樣的角色。』

『寄出！』
『今天也很充實。』

●●◖(◯)◗●●

……太沒道理了。
今天我也一個人在家悶悶不樂地悲嘆著。
這是因為今天我像平常那樣放學準備回家，美紗貴卻不知為何站在校門口等我。
而且不知為何——
「給我站住，這個粉紅乳頭俠！」
她這麼喊完，我隨即吃了一記猛烈的美腿飛踢。
接著對我又是踹又是踩。
我整個人反應不過來，只見美紗貴——
「學長，你滿意嗎？這就是你所期望的香寺美紗貴！」
她這麼吶喊。到底是怎麼回事啊……
我心想原因肯定是出在昨天的自己身上。

可是日記上只寫了『凶惡的懦弱心靈，顯得淡薄又虛幻飄渺』，這句讓人一頭霧水的話。

雖然完全看不懂意思，但我想應該帶有貶意。

可惡。

●●●●●●●●●

『今天的小光跟平常不同！』

『雖然不曉得原因，但一大早就感到幹勁十足！』

『偶爾會有這樣的日子！』

『超級小光嗚喔喔喔喔！』

『憑著這股氣魄來寫作業吧！』

『完全不會寫！』

『寫完作業了！』

『對了，在情人節來臨前，我忘了一件棘手的事情。』

『那就是！冷嬌少女千秋！』

『忘了要提醒她送巧克力的這般悲劇！』

『我還是希望能收到千秋的巧克力！』

『所以，決定寄郵件給她。』

『可是，因為千秋很冷酷，對這種活動可能不太積極。』

『不！這樣反而讓人燃起鬥志！』

『假裝一副沒興趣的冷酷模樣，假裝不曉得情人節。』

『可是當天卻別開視線，嬌羞地說「我……我準備了巧克力」……』

『唔喵呼呼～！冷嬌最棒了～～！』

『立刻提醒隼人同學要送巧克力！』

『幸好知道隼人同學和千秋會每隔一天交換人格，事情整個好辦多了！』

『呃，郵件要寫什麼才好。』

『總之先打草稿。』

『敬啟：隼人同學。』

『你已離世一陣子，別來無恙？』

『情人節即將到來。』

『因此，當天我家的處男（笑）會前去拜訪，懇請指示千秋施捨巧克力給他。』

『然後請千秋全裸將巧克力塗在身上。』

『因為本人想要直接用舔的，懇請見諒。』

『我明白這是處男的噁心妄想，請帶著嘲笑的心情理解。』

『萬事拜託了。』

『大概是這樣吧。』

『…………』

『完美！這下子鐵定能攻陷千秋！』

『只要複製貼上——寄出！』

『接著小光安穩地沉入夢鄉……』

●●◗◖☼◗◗●●

到底是怎麼搞的……

那天我又陷入沮喪之中。

理由很簡單，千秋打了電話過來。

「秋月同學，你好嗎？我開門見山地說了，是關於上次的那件事。我能夠理解男孩子會抱有那樣的願望，而且我也很清楚你跟隼人同學不同，不但不受歡迎，還是會做那種噁心幻想的飢渴男性，可是，我認為因此就對女性做出那種要求著實不妥，同時讓我對你這個人只剩下失望，假設真的要做那種事，我也只會跟隼人同學做，我的意思是，呃……隼人同學可以……舔……可是……」

一連串的訓誡到了中途變得含糊不清起來。

最後──

「總之！你是我的朋友！除此之外什麼都不是！」

千秋怒火中燒地掛斷電話。

為什麼我會遭受這種不合理的對待……

雖然心想一定是昨天的我，但日記只有寫**『比誰都還要了解坂本同學的小光，堪稱是最棒的代理人。所以也對坂本同學喜歡的情境瞭若指掌』**。

嗯，我敢很有自信地說，這個笨蛋肯定幹了什麼好事。真是的，還有，給我好好寫作業行不行啊！

總之這件事先擺到一邊，最近小霞跟美紗貴的模樣有些不對勁。

因為那兩人──

「當天一定是我搶先──」

「第一口肯定是我——」

整天喃喃著這些事情。

然後一碰面，氣氛立刻變得劍拔弩張。

唉……

●◖◖◖☼◗◗◗●

『我正在端詳坂本同學的手相中。』

『感覺幸福線好像很短。』

『明明跟小光雙心同體，未免太失禮！』

『真是拿處男沒轍……所以連手相都一副處男的德性。』

『用麥克筆加長好了。』

『…………』

『…………』

『拿到油性筆……』

『這件事先擱到一邊，不久即將就是情人節了！』

『多虧小光暗中幫忙，相信會成坂本同學畢生難忘的一天！』

『小霞、美紗貴、千秋，呼嘻嘻，坂本同學會很開心吧～』

『好，這件事先擺到一邊，我好像忘了什麼……』

『唔，是什麼啊？好像又不是什麼重要的事情。』

『我應該沒有遺漏坂本同學身旁的女孩子……』

『坂本同學應該只想要這些女孩子的巧克力……』

『唔……』

『算了♪』

『一定是我多心了——嗯？咦？』

『雪瑚在叫我！我走了！』

『…………』

『噗噫噫噫噫～～！雪瑚傲嬌得好可愛～～！』

『雪瑚問我「有人拜託我問的，情人節的巧克力要怎麼送才是最理想的？」。』

『好可愛好可愛好可愛！明明是自己想知道，卻用別人想問來當藉口，真是太可愛了～～～～！』

『所以，我拜託她「直接用嘴巴餵」！』

『坂本同學的幸福又多了一項！』

『也好期待雪瑚的手製巧克力喔～要是撞見她正在做，就來突擊一下好了♪』

『呼嘿嘿，一定可以嘗到傲嬌威力火力全開♥』

『那麼，坂本同學，當天要好好享受喔！』

●●◖◯◗●●

『嗚嗚～好想吃雪瑚的手製巧克力……要是這樣抱憾而終，我一定會變成自爆靈……坂本同學，你要想辦法拿到巧克力！拜託了！』

情人節當天，筆記本一開頭就是這幾段話。

看來雪瑚似乎為了我準備了情人節巧克力，但因為夢前光從中攪局的關係，導致拿不到巧克力，所以向我哭訴這件事。真是的，是在搞什麼啊。

然而，老實說這件事一點都不重要。

這是因為我現在也是自身難保。

「明明是先輪到我！美紗貴退開啦！」

「真田學姊才請妳退開，學長的第一口是美紗貴的。」

（不妙……）

好，容我說明一下現況。

時值假日上午，地點是我的房間。

眼前是一大早跑來我家的小霞與美紗貴，雙方正在唇槍舌戰。要問現在是什麼狀況，其實很簡單。

今天是情人節，所以我原本期待著會發生什麼好事。

夢前光似乎瞞著我暗中動了什麼手腳。才想說兩人怎麼突然上門，結果無視於我開始吵了起來。

兩人捧著巧克力，似乎是在爭「哪一個人能先讓我吃到巧克力」。夢前光那傢伙……到底對她們說了什麼。

不過，按照這個情形，自己儼然變成現充一樣，讓我忍不住想揚起嘴角。

可是，因為我的一時大意，終究招致了悲劇。

「美紗貴根本不懂我有多麼想讓坂本同學吃第一口吧！」

小霞這麼說道。

「我……我從被性感美夢拯救的那天開始，就一直對坂本同學……」

小霞的語氣苦悶，臉頰泛滿紅暈。

面對此狀，連美紗貴也出聲表態。

「真、真要說的話，我也……在我恣意妄為的那段期間，從你與我真誠相對的那天開始——」

美紗貴也同樣紅著臉低垂下頭。

…………

奇……奇怪？這是什麼氣氛？

兩人同時沉默下來……我要發表什麼才行嗎？

（怎……怎麼辦？）

可是，正因為我沒出息，才會造成現在的事態，所以我面對這個狀況，自然也束手無策。

一股難以言喻的尷尬氣氛籠罩著我們。

然而——

接下來的展開，頓時將這股嚴肅氣氛一掃而空。

「我……我一直對坂本同學——」

「我也一直對學長——」

兩人雙雙紅著臉，打算繼續說下去時——

那傢伙突然破門而入！

「葛格，你好！打鐵要趁熱——吃我的香蕉巧克力吧！」

「咦！木下同學！你做——嗯唔唔！」

「「咦——啊啊啊啊啊啊！」」

…………

……

一瞬間我搞不清楚發生了什麼事。

不過，漸漸明白了現在的狀況。

這股觸感、氣味、味道。

他是什麼時候跑來坂本家的？氣勢磅礴地闖進房間的是少女系國中男生，也就是木下同學。

然後他又在想什麼。為何嘴裡含著巧克力香蕉，正當這麼想——

居然！太突然了！

香蕉巧克力有一半被塞進了我的嘴中。

這代表了什麼意思，應該不用我解釋。

顏色黝黑，向上翹立著。

這條香蕉巧克力只能用雄偉來形容。
木下同學彷彿用嘴對嘴餵食，將香蕉巧克力深深塞入我嘴中。
嘴唇相貼的柔軟觸感，讓我竄起一股戰慄。少年的香甜氣味（為何？）令人暈眩。
香蕉巧克力的味道在嘴中擴散開來。
什麼……呃……這是——
「出現了——！沒沒……沒想到香蕉巧克力是促成小薰×哥哥的最大功臣！不愧是小薰！明明沒有指定，卻選了香蕉巧克力，你果然深諳此道！」
接著……
躲在房間外窺看裡面狀況的雪瑚高喊出這句話。
混亂狀況愈演愈烈了起來。
「什麼——坂本同學你在做什麼！」
小霞邊喊邊試著剝開抱著我不放的木下同學。然而，謎樣的ＢＬ力量讓這名緊抱著我的少年完全沒有離開的意思。
「呵呵呵，葛格，這是葛格所期望的嘴對嘴餵食的情人節。今天的我是葛格所期望的木下薰嗎？」
「什麼……擅……擅自用別人的必殺台詞——————！」

美紗貴大喊著，跑去加入小霞。（原來這是必殺台詞……）於是眾人扭成一團，場面一片混亂。緊抱著高中男生的國中男生、試圖剝開兩人的高中女生，以及躲在身後觀看、興奮亂叫的國中女生，串連成眼前這個意義不明的狀況。想當然耳，我內心只剩下絕望。感覺我最近老是在跟木下同學接吻……

（我最想要親吻的人是…………）

我心情沮喪地注視著桌上。

桌上放著吃到一半的巧克力點心——樂天哮熊餅。

只顧著為我安排這一切，卻忘了準備自己的巧克力，我回想起這個少女的留言，只能感到錯愕。

『給坂本同學，獻上我的愛♥』

上面是最心愛的人寫給我的留言。

Tomorrow, I will die.
You will revive.
~Sunrise & Sunset Story~
CUT3
性感美夢將在明天走入歷史，
英雄則重披戰袍

性感美夢。

是一位鋤強扶弱的正義使者。

……好像是這樣。

……這是因為我無法用肉眼看見性感美夢。

這件事先擺到一邊，行使正義是一件很困難的事情。

自認為做對，卻有可能反而引來仇恨。

也有可能會招致無法挽救的悲劇。

帥氣凜然的正義究竟是什麼？

英雄該有的正確形象是什麼？

正義能夠兼顧帥氣嗎？

這次要談的事情，與這個有點艱深的問題有著直接關係。

那是發生在春天即將到來的寒冷日子裡的事。

再過一個月，與夢前光認識即將滿一週年——是發生在三月上旬的事情。

事情要從突如其來的重逢開始說起。

「嗯……啊？」

那天外頭的天色仍昏暗。

在鬧鐘響起前，我陡然清醒過來。

同時發現了一件事。

「這是什麼？」

額頭上貼著膠帶，是從筆記本撕下來的紙張。我瞬間明白，犯人肯定是昨天的自己。這也代表在我翻開筆記本前，她有更緊急的事情想要立刻告訴我。

『坂本同學，早安。由於事出緊急，原諒我用這種方式留言給你。請專心聽我說。』

我躺在床上，在黑暗中凝視著紙張上的文字。那句話的旁邊是身穿黑色西裝、黑色領帶、黑色眼鏡，一副特務打扮的夢前光插圖。明明是緊急事態卻還有這個閒情逸致啊。

『首先，我希望你保持冷靜。發誓無論發生任何事，都不能胡鬧。』

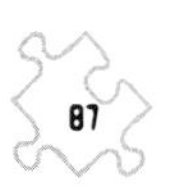

接下來是這句話。是、是，到底是怎麼回事啦。

『總之先做個深呼吸。呼——哈——哈——哈——』

「呼——哈——哈——哈……咳咳！」

氣吐過頭了。

『接下來，確認自己不是在作夢。捏一下臉頰，呼喵呼喵喲——』

「嗚喵嗚喵喲——」

我在幹什麼啊。

『最後，我希望你確認一下自己是處男。OK？』

「喔，我真是丟臉，到了這把紀還是……妳是打算讓我說什麼啊。」

哪來的緊急事態！

結果我像往常那樣一大早發著牢騷。

接著，我目睹到一幅駭人的景象。

『那麼，坂本同學，首先請保證絕對不會驚慌失措，接著再環視房間。很抱歉我無法違背自己的欲望。開玩笑的♪』

「啊？欲望？」

什麼東西——正當我這麼心想，紙張只寫到這裡。可惡，這傢伙老是不寫重點。算了，只要環視一下房間就真相大白了。

所以——

在一頭霧水之下，我認定一定又是什麼無聊的事情，接著環視自己的房間，心想這次又是什麼莫名其妙的惡作劇——

「呼——呼……」

「咦？」

然而——

這個展開遠遠超出我的想像。

「什……什麼——！」

突然的事態讓我說不出話來。這是當然的，因為——因為我完全沒有料想到這個狀況。

我茫然地環視房間，在地板上。

居然——

（女……女孩子！）

「嗯嗯……呼……」

……沒錯。

我房間的地板上鋪著一床棉被。

上頭有名沉睡中的陌生少女，明顯年紀很小。而且，不是普通的少女，她的外表明顯還很稚嫩，宛如是小學生——

（等等，等一下。難不成——）

我回想起方才紙張上的內容。

那段「很抱歉，我無法違背欲望」。

各種單字在我的腦中飛快盤旋著。

誘拐、犯罪、兒童色情、賣春、援助交際、蘿莉控。

蘿莉控蘿莉控蘿莉控蘿莉控蘿莉控。

夢……夢前光，妳終於跨越了不得跨越的那條界線——

就在這時——

「哇喔喔！」

應該怎麼解釋才好，只能說我因為這個突然的事態而亂了陣腳。

不知不覺間，我下意識地站在床上，一時沒有踩穩而失去平衡。糟糕——我試著穩住身體，但踩在床上毫無效果。結果整個人朝少女身上倒去，只能努力不要壓傷她——

「好痛！」

「哇！怎……怎麼了啊——咦？」

…………

事態逐漸往壞的方向發展。

我努力不壓傷對方，立刻張開四肢，結果變成四肢跨在少女的身上。

在我正下方的少女因為這股騷動而清醒過來，身上的睡衣凌亂，顯得毫無防備。

面對這樣的狀況，她當下肯定是誤會了什麼。

即使在黑暗中也能明顯看出少女的表情逐漸變得蒼白。

不、不是的——等一下。我絕對不是那個意思——

「……呃。」

「等等！等一下！不是的，這是誤會！」

「…………呃。」

「這是真的！我絕對不是打算夜襲妳……這是不可抗力！」

「……………呃。」

「我發誓是真的！雖然我這副長相，但其實很膽小！光是不小心碰到女孩子的手，就會在深夜不停回味，沉浸在愉悅之中，是處男之中的處男！所以我絕對——」

咦？剛剛是反效果？

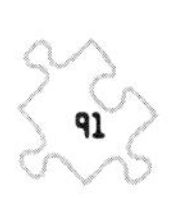

我這麼心想著，反正我的辯解只是一場徒勞。臉色蒼白到極點，拚命深呼吸的少女張開嘴喊出的話是——

「哇啊啊啊啊啊啊啊啊啊！強姦犯啊————！」

「強姦——不，不是的！妳誤會了！」

啊啊，可惡！果然太遲了。

少女的臉因為恐懼而扭曲，毫不猶豫地大喊出那個詞。

而且接下來——

「啊唔！」

……我吃了她使出渾身力量的一記攻擊。

她躺著使出一記強烈無比的膝擊。

攻擊的位置是全天下的男人最重要的部位。這股衝擊讓我頓時無法呼吸。

喔……喔喔……剛剛那記攻擊好紮實……

「怎……怎麼回事？剛剛的尖叫是……哥哥！」

最後看見的是打開房門衝進來的妹妹。

最後聽到的是那句話。

最後我的意識逐漸模糊，就這樣倒了下來，意識迅速被拉進黑暗之中。

「哥哥！不要死！哥……哥哥——————！」

雪瑚的慘叫聲成為鎮魂歌。

然後我失去了意識。

『出現了！蘿莉小妹妹好萌——————！來，坂本同學也一起！蘿莉小妹妹最棒了——————！』

「可惡……這是什麼完全沒有內容的日記。」

經過一段時間過後。

總算恢復意識的我，有點吃力地一面換衣服，一面翻開筆記本。然而映入眼簾的只有廢文一篇。可惡，這樣子誰看得懂發生什麼事了啊。

無奈之下，我只好叫雪瑚到房間來，拐彎抹角地詢問她。可想而知一定會遭到懷疑，「咦？因為剛剛被踹導致我的記憶……那個女生到底是誰？」我隨便找了個理由，試圖蒙混過去。

結果得到一個出乎意料之外的回答。

「振作一點，那孩子是表妹瑠奈。你連這件事都忘了嗎？」

「瑠奈……咦！瑠奈！」

內心只有驚愕。

瑠奈，這個名字喚醒年幼的記憶。

我還記得她是阿姨的獨生女——換句話說，正如雪瑚所言，她是我的表妹。她比雪瑚還要小三歲，今年是小學四年級。最後一次見面已經是五年前以上的事情……咦？那孩子是瑠奈？真的假的？真的好久不見了。

「可是，那孩子不是住在很遠的地方嗎？明明沒有放連假，為什麼——」

「你太健忘了！她因為父母工作關係搬到附近了！之前媽媽也有說過啊！」

雪瑚這麼答道。

是這樣嗎？我沒印象耶。哦，原來是這樣啊。

可是，為什麼她會到家裡來？而且為什麼睡在我房間？

「真是的！你是健忘鬼啊！那是——」

然而——

接下來的話被打斷了。

為什麼？因為那孩子出現了。

我跟雪瑚所在的房間，房門猛然被打開。

「不要誤會！爸爸跟媽媽要是沒有吵架，我就不會跑來這種地方！不要一直提起這種私人的事情，這個──『溫柔的臉』！」

「──咦？」

她換好衣服了啊？

出現的人高聲喊道，擺出一副目中無人的模樣，她正是我們在討論的人──就讀小學四年級的瑠奈。

富有亮麗色澤的秀髮在朝陽下閃爍著耀眼的光彩。

她的肌膚白皙，與年齡相符的外表，沒有一絲汙穢。

那個體型要稱呼女人顯得太過稚嫩──即使如此，嬌小的身形更顯得可愛。身上穿著一套宛如禮服般的洋裝，更襯托出女孩子的韻味。

然後最引人注目的是，雖然一副高高在上的模樣，有著高貴又惹人憐愛的端正五官。碩大的雙眸盡顯少女的嬌嫩，光是觀看便會讓人感到幸福。長長的睫毛、優美的鼻梁，總之，從她的全身上下可以看出她是一位美少女。

不禁讓人不禁期待起長大成人後的模樣，這位小學生──瑠奈雙手扠腰站著，高傲地鄙視著我。不……不知不覺間她長得這麼大啦，記憶中的瑠奈明明還是個小不點。

「就是這麼一回事，正如哥哥所知，姨丈跟阿姨常常這樣。」

我的感想先擺到一邊。

雪瑚的話讓我回想起瑠奈的父母。話說回來，媽媽好像經常抱怨這件事。

瑠奈的父母在平常是恩愛到不行的笨蛋夫妻檔，可是卻會定期大爆口角。有可能因為雙方都是律師，導致口角不斷。

這麼一來，每次我們父母、親戚便會負責勸架。每次一吵架便會吵很長一段時間，瑠奈會由住在附近的親戚輪流照顧。哎呀，雖然屢見不鮮了，但還是給人造成困擾……不過會收到大筆紅包，所以我也沒有真的很反感。

「這樣啊，那妳暫時要從我們家去學校上課啊。」

「是啊，不要一直讓我解釋。不過，沒想到一睡醒會被你偷襲，被你這個『溫柔的臉』！」

「不，我不是想要偷襲妳……咦？」

瑠奈一副高高在上的模樣。

瑠奈不留情地責怪我，彷彿是從小受到寵溺、好人家出身的千金小姐。哎……印象中這孩子在以前好像就是個非常怕生的驕縱少女，儼然就是出生在有錢人家、受盡寵溺的任性孩子。擺出一副對表哥毫無興趣的嘴臉。

不，更重要的是——

「溫柔的臉是什麼意思？」

「哥哥，等一下。」

然而──

我一問完，雪瑚不知為何突然把我拉到房間角落。

然後在我耳邊壓低音量說道：

「（真是的，你到底是健忘到什麼程度！瑠奈是個『性情乖僻』的孩子，她以前就是這種個性，難道你都忘了嗎？）」

「（咦？啊──────話說回來……）」

雪瑚的這番話讓我再次回憶起往事。

沒錯，瑠奈在小時候的確是個很古怪的孩子，會故意說反話。

雖然不清楚原因，但記得在剛認識的時候，她並不是這種個性……不知不覺間，演變成這種個性。阿姨態度輕鬆地表示以後自然會好轉，結果她根本沒有改變嘛。

「你們在竊竊私語什麼？真叫人『愉快』啊！這對『現充兄妹』！」

「什麼？妳……妳又懂什麼了！這個孤僻女！」

兩人像這樣吵了起來。

見到我跟雪瑚耳語，瑠奈說出囂張無比的這句話。呃，愉快的相反詞是不愉快，現

充的相反詞是……哈哈哈，哎，無法反駁真叫人痛苦。
「唔唔唔……雪瑚我可是姊姊，不會因為這樣就生氣——」
「話說回來，早餐還沒準備好嗎？可以趕快準備嗎？『巨乳之人』。」
「唔嘰！還是無法饒恕！妳自己也算是飛機場！」
於是——
應該說理所當然嗎？雪瑚也算得上是怪咖，所以兩個人水火不容。這兩個怪咖女生像小貓般互相威嚇嘶叫。雪瑚，差不多該適可而止了。因為國中生跟國小生爭吵胸部大小未免也太悲哀。雖然胸部不大，但肯定也是有市場需求。
「總之，我待在這個家的期間，希望受到鄭重的照顧，這位『討厭哥哥』的姊姊。」
「什什什什什……！妳說什麼！雪……雪瑚才沒有——」
這兩人之後仍像是這樣的感覺。
一方一副高高在上的模樣，另一方則頂著苦瓜臉，兩人爭吵不休，我只能頻頻嘆氣。啊啊，這下子事情棘手了。瑠奈的個性傲慢任性倒是無妨，被人鄙視對我來說早就不痛不癢，只要當成是在照顧一個棘手的小孩就行了。然而——
（不曉得夢前光會有什麼反應……）

我回想起剛剛筆記本上那段文章的後續。

『今後真叫人期待♪對傲慢的蘿莉小學生做那種事、這種事……呼呵呵呵呵♥』

唔唔，肯定不會發生什麼好事。

可是，就算我感到擔心也無濟於事，而且正如預想，我的擔心成為了現實。

到了後天我馬上被捲入了事件之中。

首先是發生了這件事。

●●◐◐☀◑◑●●

「你真是『太棒了』！」

「咦？」

這天早上我比往常稍微晚起床。

前往學校前，我走去客廳打算吃早餐，結果被人說了這句話。

「我對你『刮目相看』！沒想到你是這種『讓人舒適』的人！請你務必要『長命百歲』！」

「呃……」

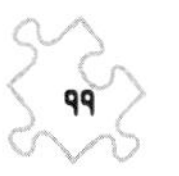

瑠奈氣呼呼地說完這些話，便揹著書包走出家門。

咦？剛剛的「太棒了」等於「太差勁了」，「刮目相看」等於「錯看你了」，「讓人舒適」是……

……真是個麻煩的孩子。

「夢前光是在搞什麼啊。」

一股不祥的預感籠罩而下，我當然必須去查清楚這件事。

回到房間，翻開筆記本，我低聲說道。本來以為她會不正經地在筆記本上道歉。

『唔，今天瑠奈的心情好差喔，是為什麼啊？』

「咦？沒有線索嗎？」

然而，日記上只有這種內容。

嗯？這傢伙不是原因嗎？

『好奇怪喔，雖然那副態度，但囂張得很可愛……只是她在生什麼氣啊？』

「唔，這是為什麼啊？」

『真是不可思議哪，我明明什麼都沒做啊……』

「唔，的確很不可思議。」

『唔——唔——沒有線索～～』

「啊，到底是為什麼啊？」

『怎麼辦，真的完全想不到。只想得到之前把臉埋在瑠奈的枕頭說「呼嘿！蘿莉小學生的清純香味呼嘿嘿嘿！」被她看見而已啊……』

「百分之百是因為這件事！沒有其他原因了！」

為什麼她覺得被看見會沒事！

結果我使出渾身解數，拚命向瑠奈賠罪，她才終於原諒我。

只是必須承受綽號變成「熟女控」的下場。

哎……

●●◗◖◗☀◖◗●●

隔天又發生了這件事。

「啊，美紗貴很適合這個耶，從束縛到打屁股Ｐｌａｙ——」

「真田學姊也很適合這個，從全裸放置Ｐｌａｙ到精神上的ＳＭ——」

（那個笨蛋！又給我亂搞！）

那天——

我放學從學校回到房間，我被迫跪在小霞與美紗貴面前，不停冒著冷汗。

事情是這樣的。

我態度強硬地在日記上寫下『禁止嗅小學生的味道！』，結果夢前光表現出有所反省的模樣。

『坂本同學，對不起，我沒想到不能嗅小學生的味道……為了賠罪，我準備了好康要獻給一直以來沒女人緣、過著悲慘人生的坂本同學！盡情享受吧！』

於是今天早上看到這篇不曉得在是道歉還是侮辱的日記。

雖然疑惑是怎麼回事，但心想遲早會知道，於是我不放在心上，度過了這一天，結果放學後小霞和美紗貴雙雙來到家裡，演變成這麼一樁駭人事件。

夢前光好像在昨天分別對兩個人說：『**很抱歉在百忙之中打擾，我碰到有些難受的事情……明天可以來我家安慰我嗎？**』

結果她們好像誤會了什麼。

兩人用盡心思梳裝打扮。

一方露乳溝，另一方則是迷你裙萬歲。

說巧不巧，這兩人剛好在坂本家的門口碰個正著，她們應該立刻看出了異狀。不顧陷入恐慌之中的我——

「啊，就是這麼一回事。」

「學長真是色性堅強耶。」

兩人邊說邊點頭附和，讓現場頓時化為The★修羅場。

之後我被迫跪在地上，那兩人則用我的電腦搜尋死刑方法。夢前光，妳看看妳幹的好事！只要用大腦想一下，就知道會演變成這樣吧！

然而已經來不及抱怨，這兩人達成共識，決定執行「雙人阿魯巴」，而當我因為恐懼而渾身顫抖——

就在這時——

「喂，『熟女控』！我肚子餓了，家裡沒有點心嗎？」

「咦？啊，瑠奈！」

房門猛然打開，現身的是剛從學校回到家裡的瑠奈。她今天也用一副高高在上的囂張眼神藐視著我。

「熟……熟女……？」

「學長，這個女孩子是……」

「咦？喔，不，不是的！她是——」

這個女孩子是我的表妹，是個會說反話的古怪孩子——當我想要這麼解釋時，瑠奈搶在我開口之前，逕自開始自我介紹。然而，她的自我介紹讓局面更加棘手起來。

「初次見面，我叫作瑠奈，雖然跟這個男人『沒有血緣關係』，但『彼此相愛』，昨天跟大前天我們一整天都在『互訴衷情』。」

「啊——！」

「什麼——坂……坂本同學，這是怎麼回事？」

「不不，等一下等一下！不是的！不是她說的那樣！」

只見小霞與美紗貴的眼眸蒙上了一層黑暗，我急忙大喊。不是這樣，剛剛那句話反過來說就是，我們有血緣關係，交情不好，一整天都在互相爭執的意思——

然而——

根本沒有讓我插嘴的機會，瑠奈繼續說道：

「我會『喜歡』上這個男人也是理所當然的吧？昨天也一直纏著我說『**瑠奈！跟哥哥一起洗澡吧！呼嘿呼嘿呼嘿ｗｗｗ**』。真是『太棒了』，所以我們就『一起洗澡了』。我真的真的『很喜歡』他！」

「瑠奈，拜託妳！可以閉嘴一下嗎！」

然而已經太遲了。

瑠奈毫不留情將我推入萬劫不復的局面，接著揚長而去，留下我跟兩個妖魔鬼怪。

現場籠罩著一股低迷幽暗的氣氛，兩人同時站了起來，然後——

「真田學姊，束縛打屁股、全裸放置、ＳＭ、阿魯巴，妳喜歡哪一種？」

「全套。」

「我想也是。」

「不，等等————唔唔！」

那天——

一直到深夜我才獲得解放。

嗚嗚……我已經嫁不出去了。可惡。

●●◖(☼)◗●●

接著又在另一天。

『想讓她玩角色扮演。』

「是在胡說什麼啊。」

那天日記劈頭就是這句話。

『我想讓瑠奈扮演淫蕩小魔女。』

「怎麼可能啦。」

『小光不小心就在網路買下手，誰來責備我啊。』

「我會拚命責備妳！我還想說怎麼會有一個巨大的紙箱！」

『布料面積少到不行的這套角色扮演服裝，絕對能夠讓瑠奈變成天使。』

「我看看……不不，這幾乎是全裸了吧……」

根本比泳裝還要暴露。

『想要強迫她玩角色扮演，就算被逮捕也無妨。』

「不可以！住手！這可不是開玩笑！」

然而，接下來她下達了一個無理取鬧的任務：**『所以，坂本同學，你要趕在小光犯案前，想盡辦法拍下淫蕩小魔女瑠奈的照片！』**而且還搭配了一張插圖，我流著口水，單手握相機拚命拍下瑠奈的照片。啊，真是的，又給我找麻煩……可是不做的話，事情會演變得更加棘手吧。

「真是沒辦法，我來想個辦法好了。」

於是──

如同我的宣言，冰雪聰明的我實行了某個作戰。

首先將全套角色扮演服裝（真的是很煽情的服裝耶……有點太超過了吧？）擺放在

客廳的顯眼位置。

接下來在旁邊貼上紙條，內容是『這下子妳也是受歡迎的現充！藉由成為小魔女，今天搖身一變成超級偶像☆』。我的計畫是，瑠奈看到紙張後，一時興起穿上這套服裝，我只要喀嚓一聲，拍下照片即可。

老實說，我認為只有過著淒涼人生的笨蛋才會上當。然而，這次的對象是小學生，正值於憧憬偶像的年紀，這樣應該騙得過小孩子吧。

所以，在那天放學後——

我飛快趕回家後，將衣服擺設好，立刻躲到隔壁的廚房角落。當然是一手握著相機。

於是，經過了數分鐘後——

（喔，來了嗎？）

玄關的開門聲讓我得知瑠奈已經回家。看樣子目標已經回來了。

因為躲起來的關係，無法從這裡看見對方。然而從聲音可以察覺出她已經進入客廳，而且停下了腳步——

（喔，這個聲音是換衣服的聲音嗎？）

而且——

瑠奈似乎是在客廳換衣服，聽得到衣物的摩擦聲。很好、很好，很順利。之後只要看準她換好衣服，喀嚓一聲，拍下照片就大功告成。

（好，差不多快可以了，上吧——！）

於是——

看準時機已經成熟，我做好心理準備站了起來。

我單手握著相機，鼓起勇氣，準備拍下瑠奈扮成小魔女的模樣。

為了拍下小學生魔女的可愛模樣——

「嗨，瑠奈！原來妳有憧憬偶像的可愛一面嘛！所以讓我拍張照片——」

「嗚哇哇！哥……哥哥！」

…………

……時間頓時停止。

不，怎麼可能停止。因為，映入眼簾的是超乎我想像之外的景象。

眼前的確有位小魔女，一身相當淫蕩的暴露打扮。

而且那個人並非是瑠奈，應該說連小學生都不是。

扮演成小魔女的人是——我的妹妹雪瑚。

我瞬間恍然大悟。小學生尺寸的角色扮演服裝穿在她身上剛剛好，不禁讓我感到悲從中來。本來覺得會上當的只有寂寞的笨蛋，沒想到卻是自己妹妹上鉤。而且妹妹僵在原地，維持著面向鏡子賣力擺出偶像裝可愛♥的姿勢。

雪瑚小姐，這到底是——

「…………『太棒了』。」

「啊！」

就在這時。

命運是何其殘酷，在這個充滿悲劇性的一刻。

與這句台詞一同現身的，正是美少女小學生——瑠奈。

映入她眼眸中的究竟是什麼景象。興致勃勃扮演暴露狂小魔女的雪瑚，抑或是單手握著相機呆站原地的我。現在唯一可以理解的是，事情搞砸了。

「瑠奈，這是誤會，這是出於一些原因——」

「哦，放心，我完全明白。」

話雖如此——

她露出彷彿看見垃圾的傲慢眼神，說出這句話。

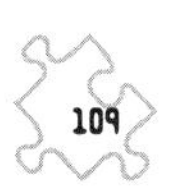

「我終於明白你們是一對『舒服』又『美好』的兄妹！我好想『接近』你們！」

——砰！

於是——

瑠奈大聲喊完，便轉身離去。只剩下陷入錯愕的兩個笨蛋。嗯，不用想像也可以明白吧。

我們兄妹的威嚴徹徹底底粉碎了。

可惡……

●●◖(☼)◗●●

接著來到另一天。

『我想到一個方法，可以有效活用性情乖僻的瑠奈。』

「哦。」

那天的日記上有著這段話。

『換個角度去想，我發現瑠奈有個非常棒的特質！』

「換個角度？」

『簡單來說，抱著被討厭的心理準備去惹火她的話，「能夠聽到她說『喜歡！最喜歡！再接近我！』**這無疑是一種快感！』**

「先搞清楚會付出多大的代價吧！」

今天覺得瑠奈心情特別不好，原來是這麼一回事啊！

這件不重要的事先擺到一邊。

雖然瑠奈那副德性，但有個讓我無法理解的地方。

「那麼晚安。如果你跑來夜襲，我會『懷抱著愛意歡迎你』！」

「是，是。」

當天晚上。

說出這句引人遐想的台詞的人，當然是瑠奈。在我的床旁——地板上鋪著棉被，她邊說邊鑽入被窩之中。聽到這句話，讓我拋出了一直以來的疑問。

「吶，瑠奈，為什麼妳會睡在我的房間？」

「——唔！」

沒錯，從第一天開始，我便一直感到疑惑——

這個傲慢少女明明很討厭我，為什麼卻堅持一直睡在我房間。因為實在不符她的言行，我苦思之下決定開口詢問——

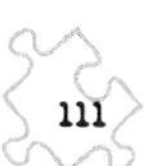

「…………」

「瑠奈？」

她卻莫名露出帶著一抹寂寞的眼瞳。然後——

「……『是很重要的原因』。跟你『有關係』。『給我好好回想起來』。」

「……嗯？啊，嗯。」

她如此回答。一貫高高在上的傲慢口氣。

唔，果然沒有太深的意味嗎？不，可是剛剛的那段話感覺怪怪的——啊啊，完全讓人搞不懂！真是個棘手的孩子！

「那麼把燈關掉吧。雖然說過很多次了，我希望你絕對要『夜襲』我。我全心全意想被你『侵犯』。」

「……遵命。」

最後我仍搞不清楚真相，瑠奈便用那句話強制結束了我們的對話。可惡，剛剛那段發言有點問題，害我不小心小鹿亂撞了一下——不不。這樣我豈不是跟夢前光一樣了。

「那麼，晚安。明天見。」

我對那名怪咖少女這麼說完，便將燈光關上。真是的，她真的是個很古怪的孩子。

哎，我身旁淨是奇怪的女人，事到如今抱怨也無濟於事。

我心想著這些事，在瑠奈睡著之後，也跟著沉入夢鄉。

●◗◖☀◗◖●

然而，這樣的生活在後天出現了變化。

「坂本先生！今天也要向您報告性感美夢分隊的狀況！」

「你好……」

身為小混混的龐克頭來到我的房間，他基於某些原因變成我的小弟。

至於這傢伙是要報告什麼東西，其實是這傢伙成立性感美夢分隊，奉夢前光的命令，日日夜夜從事社會服務活動。偶爾會向這樣跑來向我報告狀況。總之龐克頭已經不是小混混，而是個善心人士。

「首先是上禮拜，我發現迷路的小女孩——」

龐克頭像今天這樣向我定期報告。

然而——

沒想到這件事卻成為了引爆點。

「到底是怎麼回事？」

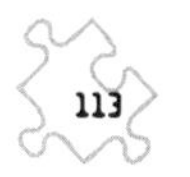

「咦！」

砰———！

發生一聲巨響。

房門猛然被打開，出現的人是瑠奈。咦？怎麼了？為什麼要突然站起來……

「你是……性感美夢嗎？」

「咦？我？」

接著是這麼一段話。

嗯？什麼？難不成這孩子知道性感美夢？

可是瑠奈無視於我的驚訝，只見她臉頰逐漸泛紅。正當我感到疑惑時，接著下一秒，她——

「『你最棒了！』，當時竟然……我『最喜歡』性感美夢了！」

「什麼——等等，瑠奈！好痛、好痛！不要抓我！」

面對突然激動起來的瑠奈，我內心只有疑惑。

呃，是……是怎樣啦！

「『你跟我想像中的一樣』！今後『我們多聊聊吧』！」

然而——

瑠奈沒有說出是什麼原因讓她丕變，在沒有任何解釋之下，她離去時不知為何露出泫然欲泣的表情。只剩下一臉錯愕的我，以及無法理解狀況的龐克頭。我們兩人只能面面相覷。

「發……發生什麼事了……？」

然而這個疑問沒過多久便水落石出。

到了後天。

「哦，果然是這孩子沒錯吧。」

地點是在某個男人房間，離我家有些距離，是少數稱得上朋友的人。

眼前是一名爽朗又俊俏的少年——風城注視著我存在手機裡的瑠奈照片，這麼說道。

「果然跟性感美夢有關嗎？」

「嗯，是遭到性感美夢制裁的人之一。」

前天，瑠奈莫名大發雷霆過後，我在日記上寫了這段內容。

『瑠奈似乎對性感美夢有什麼過節……妳有線索嗎？』

結果昨天夢前光為了尋找線索，與風城兩人召開緊急會議。這是因為夢前光扮演性感美夢的時候，基本上風城都會隨侍在側。

至於最後終於釐清了什麼——

「我想想是在什麼時候，應該是在最近。放學後陪小光執行性感巡邏，看見這名孩子——瑠奈妹妹跟其他數名少女正在起口角。」

風城邊回想邊說道。

剛剛好像出現很驚人的一個詞。

「不是什麼稀奇的事，只是小孩子在吵架。只是感覺是單方面——瑠奈妹妹對其他少女大呼小叫，那些少女看起來很膽怯。於是，小光忍不住挺身而出，**『到此為止！要罵人的話，就衝著我這個令人可憎的性感美夢大人吧！抖S系蘿莉小學生讓人興奮！』**說了這句話。」

我想像著那幕情景。

不知道在扮演什麼角色的高中生高呼著噁心的台詞，介入正在吵架的小學生之中。

嗯，夢前光妳是在搞什麼啊。

「事情算是順利解決了。嗯，為什麼瑠奈妹妹要憎恨小光？」

「關於這一點，之後好像演變得很嚴重。」

「咦？」

我邊說邊從口袋中拿出ＳＤ記憶卡，插入風城的電腦。隨即影片開始播放，畫面上的是瑠奈就讀的國小，離這裡有段距離。

「昨天我拜託雪瑚跟蹤瑠奈，然後發現了一些讓我在意的畫面。」

「在意的畫面……應該說，你妹妹真厲害耶。」

對吧？她精通這些技術到底是為了什麼目的？不過不知情會比較好吧。別放在心上。

「唔！這是——」

「是啊，正如你所見。」

於是出現了關鍵的畫面。

這個畫面刺痛著我們的內心。

「看樣子瑠奈那傢伙——在學校受到排擠。」

雖然稱不上是霸凌。

然而，影片很明顯看得出來瑠奈孤零零一人，不屬於任何小團體。現在回想起來，瑠奈每天一放學便立刻回家，不曾看過她跟朋友一起玩。換句話說，代表她沒有可以一起遊玩的朋友——

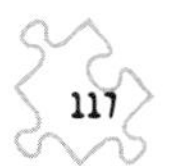

影片繼續播放著。

同學僅在遠處注視著瑠奈，即使瑠奈向他們攀談，氣氛也顯得很尷尬。這是理所當然的，因為瑠奈陰沉著一張臉。

「啊，她們就是被瑠奈妹妹大罵的那群女生。」

風城邊說邊指著一群散發著沉重氣氛的一群女生。

哎，已經確定了，有這些情報就足夠了。

「簡單來說，瑠奈妹妹跟一群朋友吵架……結果小光跑來插手，把她當成壞人教訓，導致她受到排擠嗎？」

「可以這麼說。因為產生了可以排擠壞人的共識吧。」

本來是常見的小孩子吵架。

瑠奈一時情緒上來而對朋友大呼小叫。

然而，因為夢前光跑出來扮演英雄，導致瑠奈變成壞人，而成為被朋友排擠的理由。但按照這個狀況，無論有沒有夢前光出來攪局，或許遲早會演變成這樣……無論如何，夢前光的確是造成這個局面的始作俑者。

仔細一想，瑠奈是最近搬過來的，加上那個古怪的反話，是受到那個高高在上的傲慢態度的影響？

結果全部加在一起，導致了現在的局面。

『嗚嗚嗚嗚……怎麼辦怎麼辦，沒想到有可能是因為小光執行性感巡邏，導致瑠奈陷入痛苦之中……到……到了這個地步，我就召開道歉記者會，向媒體公開性感美夢其實是我——』

昨天的我寫了這篇日記。

雖然昨天尚未釐清狀況，但她似乎察覺出自己闖了禍。日記旁邊有一幅插圖，是被許多麥克風與閃光燈包圍下召開道歉記者會的夢前光。雖然只感覺像在胡鬧，但從文字與插圖有些歪曲這點來看，這傢伙似乎有感到自責。這也是當然的，畢竟她是個無法忍受看到其他人悲傷的溫柔女生。加上有可能是自己造成的，肯定會感到動搖吧。總之我首先想到的是，千萬不要用我的身體做這種事，會讓我的人生急遽結束。

「那麼，坂本，你打算怎麼做？」

「唔……怎麼辦才好啊？」

我無所適從地嘆著氣。

在烏雲密布的陰暗天空下，我只能逕自吐著苦水。

那天晚上。

「瑠奈，我對妳很抱歉。但是，我認為妳的朋友遲早會那樣對妳。」

「……哼。」

就寢前，瑠奈依然一副氣呼呼的模樣——但不可思議的是，她還是堅持睡在我旁邊，所以我們像這樣交談著。然而，誠如所見，無論我說什麼，瑠奈只會別過臉去，擺出傲慢的態度。可惡，到底是要我怎樣。

接著我們沉入夢鄉，當夜晚即將結束之時。

昏昏沉沉的腦袋中突然響起一個聲音，宛如被一隻腳踩入了夢中。

「什麼性感美夢嘛……」

「唔！」

嗯？

「你才不是性感美夢，雖然『很帥氣』，你是——」

「……瑠奈？」

然而。

她沒有回答。之後只傳來少女的可愛鼾聲。

剛剛的是什麼意思？她是做了什麼奇怪的夢嗎？

剛剛的反話是……呃——啊？有夠麻煩。

然而，那句話同時讓我想起了什麼。是什麼？我好像忘了什麼重要的事情……唔，不行，完全想不起來。

不過——

「……真沒轍，想想辦法好了。」

那個脆弱的聲音、悲傷的低語，讓我不得不下定決心。

傲慢又囂張又任性。

原本個性就很乖僻，因為奇怪的說話方式，導致更讓人難以捉摸的少女。可是，我聽到了那些話，這孩子無疑是對我感到失望。她確實對某件事感到失望。

反過來說——正因為對我抱著什麼期待，才會感到失望，單純只是我不知情而已。

沒錯，雖然是個奇怪的孩子，但她仍一直睡在我的身旁……這肯定帶有什麼意義。

雖然我現在無法得知真相。

即使如此，只要她對我有所期待——

「性感美夢，我會想想辦法。」

在漆黑如墨的夜色中，我翻開筆記本，對那個笨蛋搭檔輕聲說道。

對那個有些陷入沮喪、過於武斷的英雄說道。

「唔……唔喔嘿啊啊啊啊！」

「「「咦——哇啊啊啊！」」」

到了後天。

天氣晴朗的午後時分。

「你……你們還挺Pre……Pretty的嘛！噗……噗哩噗哩！」

「嗚……！」「這……這個人是怎麼搞的？」「媽媽～！」

好，要是我今天究竟在做什麼，其實非常簡單。

我——正在對放學後的國小女生進行意義不明的恫嚇！

這是因為在聽到瑠奈的夢話（？）後，無視於深夜時分，我仍硬是把風城吵醒，召開作戰會議。

瑠奈之所以會跟朋友們吵架，想必是因為瑠奈的任性個性所致。

性感美夢害瑠奈變成壞人，朋友們有了正當藉口，於是開始排擠她，這個狀況應該如何解決。

苦惱到最後……很遺憾，我想不出任何主意。

然而——

可能是我死命想為幫助瑠奈的心意奏效了，風城態度樂觀地留下這句「總之我明天再跟小光討論看看」。

然後昨天——

夢前光似乎與風城召開了對策會議，結果——

「呼……呼嘿嘿嘿嘿！Pre……Pretty噗哩噗哩祭典！呼哈！」

「哇！來人啊！」

我被指示在人煙稀少的巷子威嚇排擠瑠奈的三人組。瑠奈走在三人組身後，踏著有氣無力的步伐。與害怕的少女相反，只見瑠奈張大嘴巴，說不出話來。嗚……不要露出那種表情啦。

這句台詞是昨天的我所想出來的台詞……恫嚇當然並非只是毫無意義。

應該差不多了——

「給我慢著！到此為止！」

就在這時。

（哦，來了嗎——）

從背後傳來高亢的喝止聲。「啊啊？」我嚷嚷著，然後裝得很像一回事地轉過身去。為了好好目睹站在該處的她們。

為了拯救瑠奈，夢前光所成立的必殺戰隊——

「那位不法之徒！欺負弱小……呃，性……性感美夢戰隊會制裁你！」

「什麼——妳……妳說性感美夢戰隊——」

這個做作到不行的台詞是我自己想的，這也不能怪我，因為眼前的景象讓我有些感到退縮。

自稱性感美夢戰隊、站在該處的人馬——是夢前光這次找來的協助者。出現的人是小霞與美紗貴，然而，她們的模樣與以往不同，因為現在她們是性感美夢戰隊！

首先，自稱「性……性感橘色！」有著傲人上圍的雙辮子頭少女應該是小霞。雖然用蝴蝶眼罩遮擋，但漲紅的臉頰與害羞的模樣，無疑就是小霞。

然後，穿著迷你裙露出一雙美腿的想必是美紗貴吧。自稱「性……性感粉紅！」同樣也戴著蝴蝶眼罩，試圖掩飾難為情。總之，兩人都穿著暴露度高的英雄角色扮演服裝，不知道要說性感還是不堪入目。這件事先擺到一邊，現在應該可以看出夢前光所想出的作戰全貌了吧。

「接……接招吧，坂本同……那……那位不法之徒！性感之拳！」

「停……停止無謂的抵抗，學……這個變態！性感之踢！」

「唔……唔啊啊，住……住手——」

按照劇本進行著。

小霞與美紗貴開始對我施以暴力，又打又踹，而我則趴在地上，哀求她們饒命。然而，暴力沒有就此停止。兩人完全沒有手下留情，彷彿——「施展超出界限的正義，小學生開始因為其他原因感到害怕」。

「那……那個……差不多可以放過他了——」

一名小學生誠惶誠恐地輕聲說道。

沒錯，這正是夢前光的目的。

讓瑠奈當壞人，以正義之名施以排擠的少女們。然而，當目睹到用正當理由來施展超出界限的正義，便會發現到自己犯下的錯。果真，少女們看見沾染上邪惡的英雄，表情變得泫然欲泣起來。果然還是小學生，還是會對有違良心的事情感到恐懼。

順道一提，夢前光在筆記本上是這麼寫的，我被選為壞人的理由是**『想要活用元素』**（吵死了！）那兩人被選上的理由是**『是為小霞與美紗貴量身打造的任務！』**。她到底在想什麼——我原本是這麼心想，但現在淒慘的狀況讓我領悟到其理由。

「討厭，好像滿愉快的……呵呵呵，坂本同學，我來幫你性感搓搓……呼呼。」

「好驚人的快感……！學長，今天的美紗貴是你所期望的香寺美紗貴嗎？呼呼。」

「哎呀，妳們兩個，差不多——好痛痛！不……不要攻擊我的胯下好嗎？住手！不准搓搓！」

高跟鞋底會讓我出事！

然而，陷入瘋狂的英雄完全無視於我的哀號。

走向小學生軍團的是——最後一位協助者風城。

「妳們聽好了。」

「「「！」」」

風城一反常態，對那群少女露出溫柔的表情，語氣柔和地開始說道：

「真正的英雄應該是會寬恕犯下過錯的人。因為自己沒有犯錯——就作為武器去傷害其他人，這種行為妳們不覺得不應該嗎？」

「「「…………」」」

風城突然出現，又用一副知道內情的口氣，開始對一頭霧水的少女們給予教誨。

老實說，「啊？你哪根蔥啊」這才應該是正常反應，但不愧是帥哥風城，只見少女們兩眼直冒愛心，點頭附和著風城的話，接著她們走到瑠奈身旁。

「喔。」

於是。

我趴在地上擋住胯下，眼前所看見的景象是——

瑠奈與少女們彼此低頭道歉……真是的，一開始我還很擔心接下來的發展，但畢竟是朋友，即使徹底撕破臉，還是能夠言歸於好。

「瑠奈，太好了呢。」

我渾身是泥。

模樣狼狽到實在難以稱為英雄。

即使如此，看見瑠奈的表情稍微恢復開朗後，終於讓我放下心來，靜靜嘆了一口氣。

在這片不久會吹起春天薰風的天空底下。

●●◖◖◯◗◗●●

『嗨，老大！有好消息跟壞消息！你想先聽哪一個？』

後天的日記一開頭就是這麼一段話。

這是什麼美劇風格的開頭。

『首先是好消息，瑠奈完全振作起來的樣子！今天還帶了朋友到家裡玩！坂本同學，真是太好了呢！幹得好！』

「喔喔，真的假的！這真是太好了！」

看見昨天的我在日記上這麼報告，我不禁歡呼出聲。

前天——性感美夢戰隊成功讓瑠奈與朋友合好之後——

瑠奈回到家後，對我感激得淚流雨下……當然是沒有這種事。「……哼！」她仍一副拒人於千里之外的傲慢模樣。總之，人際關係好像已經完全獲得改善了。哎呀，真是太好了。

所以，壞消息是？

『然後是關於壞消息……我忍不住對偶然碰見的一群小學生感到興奮……結果舉辦了噗哩噗哩祭典，對不起♥』

「喂，等一下……妳是做什麼了？」

什麼？到底是做了什麼！

因為不懂那個單字的意思，更讓人感到不安！什麼啦！為什麼接下來要一反常態嚴肅地說**『真的很抱歉，這次真的要向你道歉，我就不開玩笑了』**！到底是什麼祭典啊！

日記一開頭就讓我陷入驚慌之中。

接下來的內容讓我有些措手不及。

『不過真是太好了。雖然說霸凌太誇張……但被朋友排擠還是很痛苦吧。小光死前也經歷過那樣的時期，所以完全能夠體會。瑠奈一定過得很幸福，因為有人會在她痛苦時無條件地伸出援手。』

「……唔。」

這段話讓我回想起過去。

沒錯，夢前光的確經歷過那樣的時期。不只是夢前光，風城也是一樣。那傢伙這次會這麼積極幫忙……應該也是基於這個原因吧。一想到這些，我渾身是泥地被人狠狠踐踏，也是具有意義的。因為沒有英雄挺身拯救他們，所以——

『總之，坂本同學！謝謝！這下子小光也能夠毫無遺憾地消失了☆雖然只剩幾個月，直到最後都要麻煩你關照了！』

「…………」

日記的結尾讓我頓時悲中從來。

沒錯，夢前光不久將要消失了。

與夢前光展開雙心同體的生活，然而，夢前光擁有意識的時間一點一滴地減少。後來得知唯一的解決方法是我跟夢前光之中要有一個人消失。大限即將到來，我們討論過

後，決定讓夢前光消失……

可是。

「……我才不會讓妳消失。」

不要緊，不要緊。

人格交換現象展開後的444天——換句話說，三個月後，必須決定要讓哪一方消失。

然而，夢前光不曉得444天後是我編造的謊言。

其實不是444天，而是365天後。

我已經叮嚀隼人不得透露，沒有其他知情的人。只要繼續假裝不知情……夢前光就不會消失，而是我消失。只要繼續下去——

「………呼！」

不解風情的眼淚差點要奪眶而出，於是我抬起頭吐了一口氣。

算了，我已經下定決心了。事到如今沒有猶豫的必要。

「好，接下來去送行吧。」

我這麼告訴自己後，闔上了筆記本。然後離開房間，走向玄關。為什麼？我能夠送行的人在這種時候也只有一個。

今天——

瑠奈——終於要回去她自己的家了。

「雖然時間很短，但受你照顧了。還滿『無聊』的！」

「是，是。路上要小心喔。」

這天是假日，瑠奈站在玄關，直到最後仍維持著彆扭的態度，但感覺變得開朗不少。她撐著洋傘跟我道別，直到最後仍一副高高在上的模樣。

順道一提，代替工作不在家的雙親，只有我跟雪瑚兩人負責送行。原本打算送她到車站——「我不是『大人』！」結果被她氣呼呼地拒絕了。是，是，不是大人是吧，我明白了。

然而，下一個瞬間——

那麼——我舉起手——

原本以為瑠奈會再次回過頭，結果——

「呃……你——『你很遜』！」

「咦？」

接著——

她的臉上泛起一抹惹人憐愛的可愛笑容，在這幾天以來不曾看過這樣的笑容。

「我感覺會……打從心底『討厭』你！」

「——————什麼……」

突如其來的一句話。

她的那般發言，讓我一時說不出話來。哎呀，她真的是個小孩子，一下沮喪、一下生氣、一下歡笑，這些地方真的跟夢前光十分相似。真的——

「那麼，姊姊，再會了。今後作為『厭惡』哥哥的對手，請多多指教。」

「呼喵！妳……妳在說什麼啊！」

於是，瑠奈離開了。

最後仍一副高高在上的囂張模樣——但是，唯獨表情如同春天降臨般泛滿紅暈。

在高闊的蔚藍天空下，她筆直地朝前方邁出步伐。

——那天晚上，我作了一個夢。

夢到小時候的事情。夢到小時候的我與瑠奈。

啊啊，我想起來了。沒錯，小時候的我曾經要求瑠奈陪自己睡。

當時的她很可愛。

那個嬌小的女孩子真的可愛到不行。

我對感到猶豫的她說：「如果妳願意陪我睡，當妳將來有困難時，我一定會去救妳。我可是英雄Autumn Moon！」於是我們便擠在一張棉被裡。

然而，每次我想在瑠奈面前耍帥，卻總是出糗連連。

模樣狼狽到難以稱為英雄。

她一直說我很遜、很遜，瑠奈的母親看不下去，於是說「很遜時要說很帥氣！」用這種奇怪的方式顧慮我。萬萬沒想到這是導致她使用那個奇怪說話方式的開端。

所以，我現在才會被她說很遜。

長久以來一直尋求援助的嬌小少女──

我終於成為了她記憶中的英雄。

Tomorrow, I will die.
You will revive.
~Sunrise & Sunset Story~
CUT4
我將在明日逝去，
而你將死而復生

我曾經很討厭他。

討厭討厭討厭。

討厭到一直思考著他的事情。

我曾經——很討厭他。

●◗◖(☼)◗◖●

當我懂事時，我的身體便與同年紀的孩子明顯不同。

是先天性的腦性麻痺。

這個疾病帶來了慢性的身體不適，以及宛如木棒、永遠不能動彈的雙腳。

然而，當時我對這樣的人生並沒有特別感到不安。

「千秋，妳的狀況如何？吃得下午餐嗎？」

「嗯，！我肚子餓了！」

父母當時對我非常溫柔，現在仔細一想，似乎已經到了寵溺的程度。

年長我三歲的姊姊都會因為嫉妒而刁難我，或許真的很誇張。連自己都有所察覺，我就是生長在這種人人稱羨的環境。

「千秋，來玩吧。」

「我立刻去！」

而且，當時的我也擁有朋友。

是住在附近的同年紀的女孩子們。她們經常到我家來玩，也會推著輪椅帶我出去玩。當時的我真的是很愛笑的孩子。

然而——

「喂！我們要踢足球，妳們去別的地方！」

「哇，是隼人同學。」

「幹嘛！明明是我們先來的！」

「隼人同學才去其他地方！」

只有一個人——

是我怎麼樣都難以喜歡的男孩子。

「少囉嗦！我將來要成為職業足球選手！給我閃開！」

日向隼人。

他可以說是我的天敵。

住在我家附近，是跟我同年紀的青梅竹馬。

明明個子矮小，但嗓門不但很大，態度也很狂妄。

身為孩子王的他，受到我們女生圈子的討厭。

這也是當然的，誰叫他個性傲慢又囂張又我行我素。雖然日後他在學校變成受到眾多少女愛慕的對象，但還是小學生的我們還不明瞭何謂戀愛，經常因為這種雞毛蒜皮的小事起爭執。

其中，每次都是坐輪椅的我成為被他欺負的對象。

「哼！不聽我的話，我就要這樣對付妳！」

「哇！住……住手！」

小孩子其實很殘酷。

他用力踹飛我的輪椅，擅自轉動手推輪，讓我連人帶輪椅摔倒在地。無法動彈的我是不曉得體諒他人的野孩子的絕佳目標。

「隼人同學好差勁！快道歉！」

「千秋生病了耶！」

「呼嘻嘻嘻！懊悔的話就追上來啊！」

然後——

最後總是我被獨自拋下，大家衝去追隼人同學。氣呼呼的朋友不曾追上隼人同學過，因為他從小運動神經便特別發達。

「嘿！圓點！」

「討厭！去死！」

「嗚嗚……拉我起來啦……」

只聽得見朋友從遠處傳來的尖叫聲，現場只剩下抽抽噎噎哭著的我，以及躺在旁邊的輪椅。朋友全被隼人同學搶走，他今天也用響亮的嗓門大喊出內褲的顏色。

（我絕對……絕對不原諒他！）

我對著流下的淚水發誓。

我真的——很討厭他。

我們的關係是在小學三年級時產生了變化。

「月村同學，妳今天也能留下來上課嗎？我想幫妳補回因為住院沒上到的進度。」

「好，我明白了。」

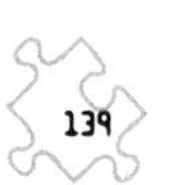

年滿九歲的輪椅少女。

周圍已經沒有任何一個可以稱為朋友的人。

原因是無聊至極的遷怒。我因為身體不適而長期住院，恣意大發脾氣，不光是對家人，連沒有來探望自己的朋友也成為攻擊對象。結果，久違回到校園，卻發現已經沒有我的容身之處。

「月村同學，呃……換個話題，妳跟朋友處得好嗎？」

「老師，請放心，沒有問題。」

我應該是從這個時期開始使用敬語。

不光是老師，對家人、朋友、同學也是。

這是在對孤零零的現實表達不滿、表達抗議。對擔心自己的老師也用這種傲慢的態度，我過著孤獨的生活。

然而──

「嗨♪留下來用功真累人啊～」

（……唔。）

然而卻有一個人──

讓我怎麼樣都不想對他使用敬語。

那是在某天放學後──我獨自在教室等待老師時的事情。

「喔，千秋也變成笨蛋一族啦？嘻嘻嘻。」

「不要把我跟你相提並論。還有，我不是說過叫你不要直呼我的名字嗎？」

與來到教室的他一對上視線，便開始唇槍舌戰起來。

日向隼人。

我在世界上最討厭的這個人，由於是世界上最笨的人，所以跟我一起被留下來補課。

升上小學三年級的他依然沒有太大改變。

總是靜不下來，整天講個不停，四處跑來跑去。

仍維持矮小的體型與碩大的嗓門，被女孩子討厭，愛掀女孩子的裙子，與以前完全沒有改變。

然而只有一件事──

只有一件事不同。

「吶，千秋，今天可以去妳家嗎？我們一起玩吧。」

「不要。為什麼要讓你來我家？」

不知為何──

從這時開始，他變得格外愛纏著我不放。

顧慮到沒有朋友的我——但我想應該不是這樣。他感覺不像是會思考這種複雜事情的人，感覺比較像是出於內心的單純表現。

可能會被笑是自作多情……但現在回想起來，或許是因為他對我抱有異性意識。可能真的只是我自作多情。

「一下子有什麼關係。好不好？我會請妳吃東西。」

「我不是說不要了。不要對我說話。」

然而，當時的我總是拒人於千里之外，用冷淡的態度地回應他。

因為我已經發誓了。

對著年幼的自己、對著懊悔的回憶、對著滑過膝蓋的悲痛眼淚。

無論發生什麼事，我都不會原諒他——

可是，我的這股決心輕易便被推翻了。

「嘖，真無聊。話說回來，千秋的裙子會不會太長了？短一點比較好吧？」

「要是沒有某個色狼的話。還有，不要直呼我的名字。」

「小千♥」

「……噁心。」

「嘻嘻嘻，妳也可以喊我的名字。」

「才不要。」

我們的對話內容相當無聊。

這時，他突然說了一句話。

「妳的腳還沒有痊癒嗎？」

「——咦？」

突如其來的這句話。他的這句話真的太過突然。

彷彿帶著寂寞、帶著悲傷、帶著懊悔。

平常的那張笑臉消失了，取而代之的是第一次看見與聽見的表情與聲音。

或許因為這個突然的展開而亂了手腳，於是我慌張了起來，意氣用事地說道：

「一……一輩子都不會痊癒了。我這輩子只能坐輪椅，永遠無法走路。」

冷酷的語氣中彷彿帶著責備。

說完這句話，我立刻便感到後悔。

「……對不起。」

「什——」

他哭著道歉。

他忍著盈滿眼眶的淚水，發自內心悲傷地說道。我立刻恍然大悟，他是在為小時候的事情道歉。我以為他老早就忘了，完全沒有放在心上，我一直這樣認為。

「……沒關係，我沒有在生氣。」

（——咦？）

我邊說邊質問自己。

決心呢？

懊悔呢？

不是怒氣沖沖地說絕對不會原諒他嗎？

然而這些跟眼前的景象相較之下，顯得微不足道起來。我從來沒有想過有人會為了自己哭泣。

這件事——告訴了我，孤零零一人還是很寂寞。

「……好喔。」

「咦？」

「……我說你今天可以來我家玩。」

「唔！真的嗎？」

忍不住想懷疑他是不是假哭。

他立刻恢復平常的笑容。「好，那走吧，現在立刻就出發。直接蹺課。」他邊說邊推著我的輪椅跑了起來。

「喂，不可以！怎麼可以蹺課——」

我出聲抗議，他卻完全置若罔聞。

「沒關係，沒關係！人生應該順著心情啊！」

他說道，完全沒有停下腳步的意思。看見他那個模樣，被他推著輪椅回家的我只能感到錯愕。

然而——

我莫名湧上了一股不曾感受過的奇妙激昂感。

「…………」

他推著輪椅踏上回家的路上。

印象中正值初夏時期。

頭頂上的天空既蔚藍又高闊。

背後襯著天空，讓他矮小的身體變得無比龐大。

（這是……）

露齒而笑的那張臉，似乎撼動了我。

有個微小的聲音一直干擾著心跳聲。

這股心情究竟為何——我是在很久過後才曉得。

「真是的，隼人同學是笨蛋。」

「啊哈。千秋，我這是天生的。」

這是——

我跟隼人同學久違多時的重逢。

我們之後感情並沒有變得特別要好。

維持著平凡無奇的同學關係。

我們會一起留下來補課。

我會教不擅長念書的隼人功課。

因為某次不經意的對話，讓隼人的功課變得比我更好，換成是他教我功課。

還會一起共度休息時間，一起上下學。

除此之外……會進出彼此的家，假日兩人一同出門。

就是這麼普通又平凡的關係。

感情沒有特別要好，俗稱的普通朋友關係。

之後我回想了這件事。

為什麼——

為什麼我會一直認定這是平凡的關係。

「月村同學跟隼人同學是在交往嗎？」

「咦？」

是升上國中不滿一個月的事情。

我仍沒有朋友，無法融入班上，某天放學後有個來自其他國小的同學向我搭話。是個外型出眾的美女，感覺自尊心很高，形同是班上的領導人。

交往？我？跟隼人同學？

「不，我們並沒有在交往。」

「騙人。因為隼人同學炫耀上個星期天跟月村同學一起去了水族館——」

「那又怎樣了？」

「什麼——那……那不是約會的意思嗎？」

「約會？」

於是——

我終於察覺到了。應該說，不得不察覺。

回過神後，發現班上的女孩子都豎起耳朵偷聽著我們的對話。從氣氛來看，並非是出自單純的好奇心。

「嗨，千秋，我們一起回家吧♪」

「啊。」

結果，剛好挑在這個節骨眼（？）出現的不是別人，而是隼人。

他不知不覺間個子變得比我還要高，長相也增添了一絲男子氣概，是個髮型時髦的男孩子。露齒而笑的那張臉，讓我的內心有股無法言喻的安心感一湧而上。

同時，方才態度強硬的那名少女，現在則紅著臉低下頭。

班上的女生變得有些緊張起來。

那個模樣，那般狀況。

終於——我終於察覺了。

「隼人同學。」

「嗯？」

「原來——你是帥哥嗎？」

「……千秋，妳的頭殼是撞到了嗎？」

不需要他的提醒。

我有種腦門被狠狠擊中的感覺。

發現這件事後，我的國中生活變得有些辛苦。

誠如之前所說，我原本便不擅長與人來往。結果我卻獨占了全年級最受歡迎的男孩子。無意間造成的這個狀況，當然讓同學感到忿忿不平。

結果——

雖然稱不上是霸凌，但國中時期的我一直遭受近乎霸凌的攻擊。

（……又來了。）

再次來到某天放學後。

我從廁所回來後，發見桌上滿是垃圾。

或許是不敢對身為殘疾人士的我動手，然而，每天都會受到這類騷擾、排擠、漠視等精神攻擊。我嘆著氣，收拾桌上的垃圾。

可是——

當時的我並沒有對自己身處的狀況感到很在意。

這是因為——

「嗨，千秋！今天放學要繞去書店逛逛嗎？」

「啊，隼人同學。好啊，我也有想買的書。」

一如往常的時間點與聲音。

充滿活力地出現的人是我的青梅竹馬隼人同學。他理所當然般地握住我的輪椅，

「ＧＯ！ＧＯ！」邊喊邊推著輪椅前進。

這幅光景——

這個狀況——

「憑什麼……淨是月村同學。」

「好羨慕……」

（……這可不是我的錯。）

我重新見識到隼人同學的人氣。

老實說，我當時充滿著優越感。就算多少受到欺負，但相對的，可以獨占隼人同學。只要這麼一想，霸凌行為充其量也只是羨慕與嫉妒的體現。雖然形容方式不太妥當

……她們彷彿是壞心眼的後母與姊姊，而我則是灰姑娘。

然而——

「王子……嗎……」

「嗯？千秋，妳說什麼？」

「沒事。」我邊回答邊陷入思考。

若我是灰姑娘，隼人同學就是王子。我回想起剛入學時的那句話。

『月村同學跟隼人同學在交往嗎？』

（……我們算是什麼關係？）

我們在十字路口等待紅綠燈。

我轉過頭，抬頭看向背對著太陽的少年。

仔細觀察後，發現他確實有一張可愛的長相。清爽又討人喜愛，笑容十分迷人。充滿活力又溫柔的地方，果然能夠刺激母性本能。

然而——

（我們不是那種關係。）

我還是能夠——

我還是能夠很篤定地這麼說。

這不是戀愛，我沒有在談戀愛。

雖然他對我很溫柔，可是稱為戀愛似乎顯得太親近。最重要的是，我根本不明瞭戀愛。即使思考他的事情，浮現在腦海的只有他小時候幼稚又頑皮的模樣。態度傲慢又囂張，自以為是又我行我素……

…………

「我果然還是討厭你。」

「咦咦！為……為什麼突然說這種話！」

「哼，沒事。」

我不悅地別過臉去，隼人同學對我突然的態度轉變感到困惑，連忙試著用各種話題來取悅我。可是，我完全沒有賞臉。我不覺得自己有錯，因為……因為——

「沒錯，我討厭你。嗯。」

「喂……妳從剛剛到底在說什麼～」

我自信滿滿地對一臉困惑的隼人同學這麼說道。

然而，這個想法瞬間便瓦解了。

「嘰嘰嘰……」

「隼人同學，我果然還是討厭你。」

在某個假日的黃昏時分。

我們兩人在街上閒晃，回家時剛好經過一座可以眺望城鎮的小山丘。夕陽太過美麗奪目的關係，「我想要在更前面欣賞」我這個任性的要求，正是一切的開端。

這座可以將街景盡收眼底的小山丘，只設有不牢靠的柵欄，而且還呈傾斜狀，所以輪椅繼續前進會顯得過於危險。可是，我想要在更前面欣賞夕陽時分的街景。

這麼一來，最理想的方式是由男孩子抱著走到前方欣賞景色。

所以現在隼人同學正抱著我……

「千……千秋……妳是不是吃太多了？」

「才不是！是你的手臂太瘦弱！」

完全沒有揮灑青春的感覺，我們互相推卸責任。

我可以發誓，我才不會胖。雖然隼人同學的個子比我高大，但跟同年齡層的男孩子相比明顯矮小，所以問題無疑是出在隼人同學身上。結果卻牽拖到我身上，我果然還是非常討厭他。

（我果然才沒有談什麼戀愛，誰會喜歡上這種不可靠的男孩子。）

隼人同學抱著我前進，我則在內心這麼告訴自己。

假設在不久的未來，出現有個可以輕鬆將我抱起的男孩子。

要是真有那種人，比起隼人同學，我肯定會喜歡上那個人。不但個性溫柔，個子高又有力氣，要是有這種人，隼人同學完全無法與之比擬。換句話說，這證明了我根本沒有喜歡上隼人同學——

「哇喔喔！果然很壯麗！」

「哇啊……」

正當我思考著這些事情。

隼人同學終於來到瞭望台的最前端。鄰海的城鎮在夕陽餘暉下，被染上溫暖的憂傷顏色。

寧靜又祥和，然而卻流露著一抹孤寂。

無可取代的時間圍繞著我，逐漸西沉的夕陽帶來一股焦躁感，彷彿——寶貴的事物正在一點一滴地流逝著。即使如此，我仍想要永遠沉浸在夕陽景色之中。為什麼，為什麼世界是如此的美麗。

「千秋。」

就在這時。

「什麼？怎麼了——啊！」

「…………」

一切來得太過突然。

「什麼……什麼……什麼……！」

「嘻嘻嘻嘻，是妳自己要發呆～」

隼人同學——

親了一下我的臉頰。

身體發熱了起來。頭腦無法正常運轉。臉頰上的觸感遲遲沒有消失。

他……他做了什麼——什麼？

「你做什麼啦！笨蛋！笨蛋笨蛋笨蛋！」

「嘿嘿嘿！因為妳很可愛嘛♪可以再來一次嗎？」

「喂——不要……給我住手！我要捏你喔！」

做什麼？我聽不懂，可是……可是可是……可是可是可是——

我明明這麼堅信著。

堅信著這不是戀愛，我們不是那種關係。堅信著自己討厭他。

我的決心再次——輕易地被他推翻。

我不敢相信自己居然希望再被他親一次。被男孩子抱著的自己、被男孩子親吻的自己，自己——居然會為自己身為女孩子感到喜悅。

我絕對不願意相信這些。

「我果然……果然還是討厭你！」

…………

……隔天。

我不知為何買了音樂播放器跟耳機。

是喜歡的連續劇的一幕場景，一對男女分別各戴著一支耳機，緊貼著彼此的臉龐。到了最高潮的那一刻，男方親吻了女方。我知道這不像我的作風，但這是我內心中理想的情侶模樣。

於是，我忍不住想嘗試看看。

並非是抱著期待。

只要嘗試看看就能夠明白。從小學三年級開始，這個一直干擾著心跳聲的神奇聲音究竟為何。我終於可以找出真相了。這不是戀愛，我才沒有喜歡上他。肯定不會有任何感覺。因為……因為因為……

因為我討厭他——

路。

現在回想起來，才發現過去的時光是那麼地璀璨光輝。

之後我的人生宛如跌入谷底般，深陷絕望之中。

國中三年級時，我的雙腳奇蹟似的可以稍微移動了，只要加以復健，或許能夠走路。

然而，這個好消息反而將我逼入絕境。

好辛苦、好痛苦、好難受。

我脆弱的心靈無法承受復健的痛苦。我選擇放棄，逃離這一切。

雙親責備這樣的我，或許是發現必須嚴厲對待我才行。可是，這只是加深了家人之間的鴻溝。我跟姊姊的關係也一直惡化，最後我只能詛咒自己半吊子的雙腳。

隼人同學成為我唯一的救贖。

我極其所能地依賴他。

因為他這麼對我說。

妳不需要走路，我會一直幫妳推輪椅。

他也這樣對我說。

妳不需要交朋友，我會一直待在妳身旁。

既然如此，這樣就夠了。就算不被父母與姊姊諒解、沒有任何朋友。

就算會永遠持續下去，活在沒有朋友的世界。

我還有隼人同學。隼人同學會一直在我身旁。

既然如此，這樣就沒有任何問題了。他不會從我的身旁消失。

我們兩人的時間會永遠持續下去。

於是，我一直依賴著隼人同學。

不斷依賴，不斷依賴。

依賴到無以復加。

突然有一天——

報應降臨了。

「月村同學……每次來探望妳的男孩子出了車禍……」

那天護理師顯得十分慌忙，年紀尚輕的護理師利用工作空檔跑來告訴我這件事。直到她被叫走之前，我仍無法理解那句話的意思。

「騙人……騙人。」

我喃喃自語著，但內心已經明白了一切。

之前響起救護車的警笛聲、車禍。

答案只有幾種可能性。

「隼人同學……等等……不要拋下我一個人……」

絕望朝我席捲而來，我無法走路，甚至無法一個人走到病房角落的輪椅。明明有可能可以走路，明明有機會可以走路，結果我選擇逃避——

「來人……來人啊！幫幫我……幫幫我！」

對崩潰呼喊的我伸出援手的是同病房的老婆婆。

竟然讓年邁的病人做這種事，當時我有好好道謝嗎？當時的我焦急到甚至想不起這些事。

好不容易坐上輪椅，我立刻前往電梯。

這裡是六樓，手術室位在一樓與二樓。急診患者應該是在一樓。我在電梯前這麼心想。

然而，卻挑在這個時候。

電梯一直沒來，不知道在拖拖拉拉什麼，停在上面的樓層。逐漸加深我的絕望。

要是可以爬樓梯。

要是雙腳可以爬樓梯。

要是擁有可以爬樓梯的雙腳。

至今不曾這麼懊悔過，甚至厭惡起一直以來只會依靠其他人的自己。

「快一點！隼人同學要死掉了！」

不顧其他人的眼光，我放聲大喊著，等到我搭上電梯時已經經過了一段時間。

於是——

「啊…………」

當我抵達手術室時，他的家人站在前方。

失去兒子的父母崩潰大哭。

見到這一幕，我頓悟了一切。

他，隼人同學他——我最討厭的青梅竹馬。

已經從這個世上——

「啊啊……啊……啊啊啊啊啊啊啊！」

——我不記得之後的事情。

回過神後，只剩我留在冷冰冰的走廊上。

好冷，好暗，好想死。

漆黑籠罩了整個世界。

「隼人同學……就算我繼續活下去——」

沒錯，當我正要做出什麼決定時。

沒錯，當我正要放棄什麼時。

要稱為救贖，顯得太過殘酷——那個人出現了。

「將妳一半的壽命分給他吧？」

「咦——」

那就是什麼？

出現在我面前的是希望，抑或是絕望，我至今仍會時常夢到。

這是——我與隼人同學的第二次機會。

同時，成為了認識「他」與「她」的契機。

「要去見他？我嗎？」

是在即將入冬的寒冷日子。

之後——半年前左右的那一天，我們突然展開了雙心同體生活。已經去世的隼人同學不知為何每隔一天便會占據我的身體，我們過著透過錄音器互動的奇妙生活。

在這段期間，發生了超乎預期的展開。

『真的啦！除了我們以外，也有其他雙心同體的傢伙！我約好要跟對方碰面，希望千秋可以赴約。』

從戴在右耳的耳機傳來昨天的我留下的訊息。

充滿活力的語氣與平常的他一模一樣——然而，聲音卻是我的，我至今仍無法習慣這個不可思議的感覺。

話說回來……咦？除了我們以外還有雙心同體的人？真的嗎？

『千秋，我要跟妳說有些嚴肅的事情。我還是認為妳需要朋友。至今我認為只要有我在就夠了——但那也只是時間上的問題。正如妳所知，我復活的時間已經確實在減少，所以這是一個機會。若對方跟我們抱著同樣的痛苦，千秋一定可以跟對方成為好朋友！千秋，妳要跟那傢伙——成為朋友。』

「……這種事情……」

接下來他說了這段話。

聽完訊息，我不知嘆了第幾次的氣。

可以藉著雙心同體生活不用跟隼人同學天人永隔，讓我真的感到很感激。無論是什麼形式都好，只要仍可以跟他一同活下去。我是發自內心感到慶幸。只要他仍待在我的身旁、仍願意留在我身旁，即使無法相見，必須靠某種形式來聯繫彼此，無論要犧牲多少壽命我都在所不惜。至今我仍是真心這麼認為。

可是——同時這也帶來了新的煩惱。

被禁錮在不良於行的身體裡、因為隼人同學的死，在學校遭到孤立與拒絕上學。以及……必須面臨其中一方必須消失的殘酷命運。徵兆已經出現。遲早將會面對那一天。正如畫室日誌上所寫的——我與隼人同學即將在不久的未來面臨永別。

不要，我不想跟他分開。

我想跟他永遠在一起。可是，卻無法實現。

我不可能活在沒有他的世界。然而，也不能讓他被困在這具身體，自己卻消失。我已經……不需要朋友。藉由交到朋友，讓自己做好承受失去你的心理準備，我也不願意去這麼做。我……我真正所期望的是——

「…………」

然而——

結果我還是無法反抗隼人同學，只好去見另一對雙心同體組。

當天。

提早三十分來到約定地點的車站前，我躲在角落窺視著狀況。

然後按照約定的時間，手機收到通知已經抵達的郵件。

『我是今天跟你有約的坂本。我抵達車站了，你在哪裡？』

接下來描述了坂本同學的服裝特徵，看到郵件後，回信前，我開始尋找他的身影。

應該不是討人厭的人吧，從他提供的服裝特徵來看，似乎是名男性，而且好像不是輕浮的人。話說回來，不知道歲數是否接近。

我抱著不安，移動著視線，一心祈禱著自己的猜測會落空。以正面意義來說。

於是，在川流不息的人潮中，左顧右盼了十秒鐘左右。

終於發現了坂本同學的身影——

（咦——什……什麼？）

——我感到戰慄。以負面意義來說。情況真的糟到了谷底。

騙人。騙人的吧。告訴我這是假的。

當時我會有那種想法也是情有可原。因為，今天即將見面——而且被迫要跟他成為朋友的坂本同學，他的外表……

超級！驚人無比！

他是讓人聞之色變的凶惡小混混！
長瀏海遮掩著眼神兇狠的雙眼。
身高遠比隼人同學要高上許多，身上散發著一股儼然就是流氓的氣息。而且不時喃喃念著「要……練習……笑容才行」。
——猙獰一笑。
於是——
他毫無畏懼地露出惡魔般的微笑。不行，不行，絕對不行。竟然……竟然叫我現在要跟那種人單獨交談。
（怎麼辦……會被侵犯……）
我忍不住感到想哭，最後憑本能做出相當卑鄙的行為。
我寄郵件告訴坂本同學自己是剛好出現在車站前的清爽少年，想藉由他的反應來確認是否能夠守住自己的貞潔。
結果——
「你……你好可愛喔！是我的菜！啊哈哈！」
（咦？他真的說了？）
「喂！你對我的男朋友胡說什麼啊？」

（奇怪？面對女孩子卻在發抖……？）
「等等！我一直想見你！你知道我有多麼——」
（……感覺他快哭出來了。）
「噁心死了！去死！」
（啊，果然真的哭了。）
「…………………」
…………
俗話說不應該用外表去判斷一個人，剛剛的發展讓我理解到這句俗語是正確的。
不要緊，看來完全不用擔心會被侵犯。
因為那個人——只是個膽小處男。
（總之姑且先聽他說說吧。）
「沒想到你真的會照做。你那副滑稽的模樣，讓我看得很愉快。」
「——哇唔！」
我並不想跟他成為朋友。我已經決定不交朋友——毋須活在沒有隼人同學的世界。
他聽到我的聲音嚇了一跳，表情僵硬地轉了過來。
意外的是，仔細一看，那張苦瓜臉其實長得頗為帥氣，而且緊握著暖暖包的那隻手，莫名給人有種溫柔的印象。

然而，這些都是無關緊要的事。

我不打算跟他成為朋友。

永遠無法走路，孤零零一個人。

一想到隼人同學，我便如此下定決心。

「坂本同學，初次見面。我就是與你相約見面的月村千秋。」

「妳是………千秋………小姐？」

之後我才體悟到一件事。

今天的這一刻、這個瞬間。

在瑟瑟寒風的吹拂下，枯葉漫天飄舞。

我——有了一個美好的邂逅。

這就是我們與他們的邂逅。

●●◖◖☼◗◗●●

我永遠不會忘記之後發生的事。

他與她拚了命撬開我緊閉的心門。

夢前同學的善良。

秋月同學的強韌。

雙心同體，一正一反。

這兩個人是如此的完美，一旦他們對我施展攻勢，我脆弱的心靈根本無法與之抗衡。

我的內心一點一滴地被融解，不知不覺間稱呼彼此的方式也改變了。甚至還被公主抱。於是，我——

「……我們可以從朋友開始做起。」

「咦——？」

在天色昏暗的清晨。

受到夢前同學的鼓勵、秋月同學的支持。

更重要的是，因為與隼人同學心靈相通而讓自己學會走路的那個早晨，我終於說出了這句話。

秋月同學雖然感到驚訝，仍溫柔地露出微笑。我不會忘記那張笑容。

我終於擁有活下來的意義。

即使是在隼人同學消失後的這個世界。

——

——

「哎呀，小姐，上次真是謝謝妳。」

「咦？」

某天——

漫長的冬天結束，在天氣逐漸暖活的某天。

我坐著輪椅外出，有位素不相識的老奶奶叫住了我。

「妳不記得了嗎？我跌在地上爬不起來時，是妳溫柔地伸出援手吧？我還記得是個坐輪椅的美麗少女。」

「咦——喔……喔喔！是那時！不，不用客氣。」

我立刻編了一個謊話。我不記得這件事。

然而，答案只有一個。是另一個我——隼人同學出手救了老奶奶。

老實說，這不是什麼稀奇的事。

在我不知情的情況下，隼人同學為許許多多的人帶來了笑容。所以，常常有人會笑著感謝我。我很喜歡這個瞬間。什麼都沒做的我，不應該厚臉皮接受其他人的感謝，但

是，這一刻讓我可以確實感受到他的溫柔。至今發生過不少次這種溫暖人心的小插曲。結果，我卻是能夠走路後才發現到這件事的美好。自己居然意氣用事到沒有發現這件事，不禁對脆弱不堪的自己感到有些難為情。

（好，今天也要努力。）

這件事先擺到一邊，今天我是前來做慣例的復健。

之後，我學會走路、與秋月同學、夢前同學成為朋友，然後化解隼人同學的牽掛後，接受殘酷命運的我跟隼人同學，討論了如何運用剩下的時間。

秋月同學與夢前同學似乎決定要留下許多回憶。

秋月同學說過，要留下千千萬萬、數不盡的回憶，讓自己不會忘記夢前同學曾經存在過。夢前同學似乎也予以贊同，偶爾聽他們談起這件事，比起提議的秋月同學，夢前同學似乎更加興致勃勃地製作著回憶。看來秋月同學還會繼續辛苦下去。

另一方面。

我們決定一如往常地度過剩餘的時間。

沒有特別打算做什麼，也不打算有什麼新展開。

一如往常，按照以往的生活。

靜靜地——

靜靜地面對不久即將到來的那一刻。

是隼人同學這樣提議。這就是我跟隼人同學之間的雙心同體。這樣的日常生活，對他似乎才是最幸福的時光。

我當然沒有任何意見。

與隼人同學之間僅剩的時間，我堅信已經沒有比這更幸福的日子。我決定接受這樣的時間。

我不會哭。

絕對不會哭，我發自內心發誓——

來到的復健地點是我第一次學會走路的地方。

矮小的男孩子與高大的男孩子，這兩個男孩子分別在這座小山丘抱著我眺望街景。

可是，今天我只有一個人。我拄著拐杖，從輪椅上站起，一步一步地往前走。

全身汗水淋漓。

我喘著氣。

竭盡全力，隨著心跳加快，體溫彷彿燃燒了起來。

我活著，今後也要活下去。

沒錯，我這麼告訴自己。

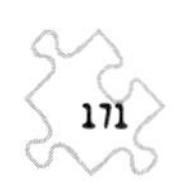

「啊，找到了。」

不知道經過了多久，等到太陽轉變成夕陽時。

我終於走到可以眺望街景的地方，然後發現了那個東西。

「隼人同學，我今天也有努力喔。」

我對著黏在柵欄上的一張ＳＤ記憶卡說道。為了不被雨水淋濕，仔細地裝在塑膠袋裡，並裝飾著美麗的緞帶。為了獎勵終於走到這裡的我，是昨天的我準備的小小獎品。

我立刻從口袋中拿出錄音器，將記憶卡插入插槽。

開始聆聽他的聲音。

這對我來說是無可取代的幸福時光。

『千秋，辛苦了！妳今天也有好好努力喔！』

耳機傳來他的聲音，我專注聆聽著。

他今天講的是以前的回憶。隼人同學開心地暢談著小時候的回憶，發生了好多好多的事情。我閉上雙眼，沉浸在回憶中。接著不可思議的事情發生了，有股他彷彿就待在我身旁的感覺。

離我非常近。

接著他開始對我述說。

他的臉、聲音，我至今能夠記得很清楚。然而，遲早會從記憶中淡去，再也想不起來。在沒有他的世界，在永遠無法見到寶貴之人的這個世界。

我——

『……千秋。』

就在這時。

『呼嘻嘻，千秋，妳現在快哭出來了對不對？』

「咦！」

忍不住——

明明在戶外，我卻忍不住大喊了出來。

彷彿像在與他對話，讓我頓時大驚。對自己的內心被看穿驚訝不已。嚇……嚇了我一跳，為什麼會——

『啊哈哈，妳在想為什麼我會知道吧？我當然會知道啊～因為我們可是青梅竹馬耶！一直待在一塊喔，我是最理解千秋的人。因為我最——』

然後——

接下來的那句話，是超乎我想像的獎勵。

『因為我最——喜歡千秋了。』

「———咦？」

…………

……

錄音器不自然地在這裡停止播放。不像平常那個吊兒郎當的他，這個結束方式彷彿可以想像出他害羞的模樣。那句話，那個突如其來的告白，反應不過來的我，只能呆愣在原地。

「……好狡猾。」

好狡猾好狡猾。

我只能這麼想。明明是隼人同學要我不要哭，叫我要用笑容送他離開。竟然如此用心地……如此心用地——

想讓我——感到開心。

「…………」

我忍著淚水，小心翼翼地將SD記憶卡收進口袋裡。這個錄音檔，光是今天我大概會重播超過上百遍。為了以防萬一，要將錄音檔備份起來才行。或許也可以設成鬧鐘鈴聲。總……總之……我要心花怒放地在棉被中慢慢不斷聆聽這個錄音檔。

「好——」

於是我也下定了決心。

我將錄音筆切換成錄音模式。輕咳一聲後，準備留言給隼人同學。

我也有……我也有……

我也有——一直想說的話。

「隼人同學，我跟你說，其實我也……」

明明說自己最了解我，對最重要的事情卻渾然不知。我長久以來懷抱的心意——直到今天還是沒有察覺。

「我對你——」

那天我花了好幾個小時錄音，到了晚上仍沒有錄完。

我不斷反覆錄完又刪、錄完又刪，連自己都納悶自己到底在做什麼，一直反覆著這個動作。

頓時回想起來——

青春的記憶、永遠回不來的記憶、深信幸福將持續到永遠的那段時期。

兩人各戴一支耳機，臉龐近到可以感受到彼此的呼吸。我對他的側臉深深著迷，暗自希望兩人可以就這樣接吻。

其實當時就想將自己真正的心意說出口。

「我對你——」

我很幸福。

彼此的心意能夠相通，竟然是如此幸福的事情。

了解到這件事後，讓我更加感到寂寞與悲傷。

所以——

我果然還是對會讓我產生這種心情的隼人同學——

我果然還是——很討厭隼人同學。

我沉浸在幸福之中，傾訴著愛意。

兩人的最後時光就這樣過去了。

隼人同學不留痕跡地消失了。

一如他的作風，他討厭離別時哭哭啼啼。最後留下來的話是**『我會在那個世界成為職業足球選手！』**話說回來，他以前也說過這種話，我不禁莞爾一笑。

生活恢復原狀。

生活不再是相隔一天，而是漫長的一星期。

失去了原本背對背的他，過著寂寞的每一天，讓我悲傷不已。果然只要一悲傷就會感到想哭。可是，我不會哭泣，因為我跟隼人同學約定好了。

溫柔的他為我留下了——

無可取代的朋友，以及美好的回憶。

然後更重要的是，留下來讓我可以面對任何難關的「堅強之心」。

既然如此——

既然如此，我——

「……好。」

我鞏固決心後，緊握住拳頭。

我抬起頭，不讓眼淚滾落而下。

既然如此，我——

「只能去努力了。」

——

——

「啊——」

「早安，從今開始我不會請假了，不用擔心。」

——隔天。

我去了學校。

升上三年級後，坐在我鄰座的是之前有過淵源的少女。

是曾經對隼人同學愛慕不已的少女，將無法排解的悲傷發洩在我身上，將隼人同學的死怪罪在我身上——甚至跑到家裡來痛罵我。讓我對秋月同學坦白一切的少女。命運之神還真會安排，我抱著想要認識朋友的心情，久久前來學校上課，結果她卻坐在我的旁邊。

然而，我已經想通了。

「哼……真敢說那種話啊，隼人同學都是因為妳——」

「是啊，或許是我造成的。所以，我決定要連同隼人同學的份堅強活下去。能請妳務必將對隼人同學的愛意灌注在我身上嗎？」

「什麼——」

班上的氣氛頓時為之凍結。

我可以輕易看出她正在生氣，也曉得自己說了充滿挑釁的話。

然而，我沒有低下頭、沒有逃避，要是接受了軟弱的自己——便不會有人喜歡我，不會有人想跟我成為朋友。

既然如此，首先要讓自己變得堅強，我是這麼認為。

無論發生任何事，都不會哭泣，無論發生任何事，都不會逃避。

如同隼人同學與夢前同學一樣。

如同堅強無比的那兩個人一樣——

「從今以後也請各位多多指教。」

「唔……！」

她會故意刁難我是可想而知。

可是我不會放棄。

被刁難的話，就要挺身面對。絕對不能哭泣，要對抗自己的過去。

隼人同學會露出什麼樣的笑容去面對。

夢前同學會露出什麼樣的怒容去面對。

然後——

我回想起那張軟弱的凶惡臉龐，明明個性純樸，卻不知為何沒有選擇逃避的奇怪男孩子。

秋月同學——我想像著他會如何去面對。

「請不要再欺負我了！有這種閒功夫的話，可以跟我成為朋友嗎？」
「月……月村同學，妳是怎麼搞的……我懂了！我不會再管妳了！」
結果——
剩下的高中生活我依舊沒交到朋友。
人生沒有那麼簡單，我重新體會到這件事。
我悄悄地拔出ＳＤ記憶卡，裡面放有隼人同學留下的訊息。
我播放錄音檔，聆聽他的聲音，試著為自己打氣。
結果似乎是拜此之賜——
那天晚上，我夢見了隼人同學。
我拚命向他撒嬌，他也不斷地安慰我。
隼人同學這麼說道。
妳已經很努力了，這次的經驗肯定會在下次有所發揮。
只要活著，便會有下次。
這句話是真的。
或許是因為高中生活形同戰場。
之後認識的人個個溫柔善良，在我眼中彷彿是天使一般。

隨著時間流逝，季節更迭。

我——升上了大學。

「吶，千秋，妳有在聽嗎？」

「咦——喔，抱歉，妳說了什麼？」

「真是的，聯誼的事情啦！千秋願意參加的話，馬上就召集得到男孩子，可惡！丈勢著自己是美女，就一副老神在在的模樣！」

時值冬天。

在那之後——與秋月同學認識之後，經過了大約兩年。

地點是在大學內的交誼廳。

我與幾位朋友圍在簡單的桌子旁，有說有笑地聊著天。

從旁人眼光來看，是平凡到不行的景象，然而，對於兩年前的我是難以相信的景象。

我居然會笑著與隼人同學以外的人聊天。

我居然交得到可以互稱名字的朋友。

其他人或許會覺得誇張，對我來說，無疑是奇蹟似的兩年。

這兩年我品嘗到邂逅的喜悅與離別的悲傷。

離別讓人難過又寂寞，我至今只要一想到隼人同學，晚上偶爾仍會忍不住想哭。

然而，我跟他擁有成千上萬的回憶。無論經過多久，永遠都不會褪色。今天仍能夠清楚回想起我倆邂逅時的回憶。我確實曾經與他心靈相通。我試著想像離別時的模樣，他肯定是笑著揮手。正是那個笑容讓我能夠一直堅強下去。

人——活著正是為了邂逅與離別。

假如真是如此，今後肯定還會有其他邂逅。

新認識的人、懷念的人，以及最愛的他。

只要我還活著——邂逅便一定不會有結束的一天。

今後又會——

「…………？」

交誼廳的入口。

有一名與大學格格不入的可愛少女。

手裡緊握著暖暖包，讓人聯想到兩年前的秋月同學。

那張苦瓜臉——也與秋月同學有幾分神似。

然後，她朝這裡跨出步伐——

——咦？

「要舉辦聖誕派對。」

「咦？」

「是哥哥拜託我來的，他希望妳務必賞臉參加。」

？？？

哥哥？

「……呃，請問妳是哪一位？」

「我是坂本秋月的妹妹，坂本雪瑚。」

「——！」

出現了新的邂逅。

她那張可愛的苦瓜臉，讓我產生了這樣的預感。

隨著季節更迭，一年邁入尾聲。

那是與隼人同學離別之後——

經過了一年半，聖誕節即將來臨前的事情。

Tomorrow, I will die.
You will revive.
~Sunrise & Sunset Story~
CUT5
雪瑚在聖誕節扮演聖誕老人，
而妳將死而復生

雖然很突然，其實我——坂本秋月曾經與一位已經死去的少女寫交換日記。

聽得一頭霧水吧？嗯，且聽我從頭娓娓道來。

在兩年半前的一個雨天，一名少女——夢前光因為一場不幸的車禍事故而在我的眼前命葬黃泉。

然而，這時突然出現一位身穿黑色長袍的神祕人士，對我這麼說道：

「將你一半的壽命分給她吧？」

這人是在胡扯什麼？我至今仍記得自己曾經這麼想過。

於是我下意識地說「儘管拿去吧」，但這句話竟然暗藏玄機。

這是因為在數日後，夢前光的魂魄每隔一天便會占據「我．坂本秋月的身體」，用這種莫名其妙的方法重返人世。

我過完一天，晚上就寢，隔天我的身體便會被憑附在我身上的夢前光所占據。然後她過完一天就寢後，輪到我的魂魄復活。我們像這樣子輪流生活。

由於身體被占據期間，記憶完全不會留下，體感壽命等於剩下一半。換句話說，這就是「一半的壽命——」。語言還真是深奧。

我們像這樣展開奇妙的生活，不曉得前一天的自己做了什麼，也無法與另一個自己交談，我心想這樣恐怕不妙，於是我們開始寫交換日記。

在筆記本記錄下今天發生的事情，或是聯絡事項，告知隔天的自己。隔天醒過來的人，要將筆記本上寫的內容銘記在心，然後在過完一天，準備就寢前，著手寫日記。無法直接見面的我們，像這樣來取得聯繫。

然而，我們的雙心同體生活有一個失算，就是夢前光這個女人。

「喔，竟然在這種地方。」

升上大學後首次迎接的十二月。在某個假日。

過著獨居生活的我，由於閒閒沒事做，只好在租屋處茫然地翻著從老家帶來的漫畫。

『小光達姆士的大預言！坂本同學現在在看漫畫！』

漫畫翻到一半——在揭開女主角的悲慘過去的重要那一頁，圓滾滾的文字無視於展開與氣氛，突然躍出頁面。看見用螢光筆寫下的那段文字，我心想，能夠在不被我發現之下，在我的所有物上留下這段文字，想必只有我的另一半做得到。

「居然還做了這種事……夢前光那傢伙。」

是的，我想應該很清楚了吧。

得到我一半壽命的少女夢前光。

毫不客氣地在漫畫上塗鴉，這一點應該是不用我解釋了，這傢伙是無敵霹靂超級天然笨蛋愚蠢迷糊少女。

像這樣在漫畫上惡作劇還算可愛的等級。

夢前光惹到小混混，導致我隔天被人修理一頓、那傢伙跟其他女孩子卿卿我，導致我隔天身陷腥風血雨之中。總之，每次都是夢前光闖禍，然後我負責擦屁股，夢前光還在的時候，這種戲碼上演了無數次。

「不看漫畫就無法發現的預言，算是什麼預言。」

我邊吐槽邊繼續看漫畫，之後——

『這個角色跟坂本同學很像耶，很像處男一類的。』

『唔喔喔……洋芋片掉進書縫裡拿不出來，給我出來！』

『不要整天看漫畫，給我用功！』

每一頁寫了各式各樣的留言，根本無法好好去理解漫畫的內容，於是我決定停止看漫畫。「那個笨蛋」，我感到忿忿不平。

「不過，好久沒發現她的留言了，算了。」

然而，我這麼喃喃自語著，臉上帶著一絲笑意。

這是因為夢前光的魂魄在一年前便在我的體內消失了。那傢伙在自己消失前，在我所有的所有物上留下了塗鴉，所以會像現在這樣發現夢前光留下的惡作劇。

然而，卻讓我感到更加寂寞。

「好想見她……雖然從來不曾見過她。」

我躺在床上喃喃說道。

我很明白這是不可能的，已經無法回到過去。當時感情要好的朋友，也隨著畢業各分東西……而變得疏遠起來。所以莫名更讓人感到寂寞。

「聖誕老人，我有當個好孩子，所以讓我跟那傢伙見面吧。」

聖誕節在即，於是我忍不住這麼說道。當然沒有人回答我，要是真的有人回答才可怕。

總之，我過著平凡到不行的大學生活，這樣就夠了——可是，也沒有其他能做的事情，類似這種感覺。

然而，就在這時。

其實在我不知情的狀況下，發生了某件事。具體來說，夢前光復活計畫正在一點一滴地進行著。事情發生在離這裡有段距離的地方，也就是我的老家。

我的妹妹，特徵是個子嬌小，留著一頭鮑伯短髮，頂著苦瓜臉。

由升上國中三年級的「坂本雪瑚」一手策劃。

●●◖◖◎◗◗●●

「已經經過了一年半……」

那天。

哥哥突然說了奇怪的話『**明天我會死去，妳的哥哥會復活，所以妳可以放心**』，數天後哥哥幾乎要把整棟屋子都要翻了過來，最後抱住雪瑚，宛如擁抱著心愛的人——不，說是找到了真命天女也不誇張（雪瑚看得出來♪）被哥哥充滿愛意地抱在懷中的那一天開始，經過了一年半。

我至今尚未從哥哥為了念大學而搬離家裡的殘酷悲劇中振作起來，但這一刻終於降臨了。

「我要好好表現。」

十二月二十日。

心愛的哥哥所託付的重大任務。雪瑚即將升上高中。

國中的最後回憶，我絕對要成功。

「聖誕大作戰，就此展開！」

「要舉辦聖誕派對。」

「咦？坂本妹妹？」

「是哥哥拜託我來的，他希望妳務必賞臉參加。」

烏雲低垂的平日放學後，時間是三點半左右。

很久以前哥哥託付給我一個任務——『**一年半後，我希望妳召集這本名冊上的成員舉辦聖誕派對♪**』。為了完成這個任務，雪瑚首先來到哥哥以前念的高中，也就是雪瑚預計將要就讀的縣立櫻姬高中。

沒有參加社團的學生，與已經引退的三年級學生陸續從校門魚貫而出，我向神情憂鬱的那傢伙搭話。

「聖誕派對……嗎？」

香寺美紗貴。

特徵是清純可人的外表，修長的一雙美腿，是小哥哥一歲的學妹。

然而，不能被她的外表所蒙騙。這傢伙的真面目是拐騙男人財物的超級壞女人！約在兩年前被哥哥狠狠教訓後，似乎改邪歸正了，但雪瑚還是無法相信她，竟然覬覦沒有女人緣的哥哥的處男之身，這個罪過是很嚴重的！

順道一提，她現在是在準備升學考試的考生。

似乎打算報考看護類的專門學校，豈能讓這種壞女人當護理師。身穿迷你裙的護理師肯定會讓處男們的血壓爆表！

只是，她似乎因為準備升學考試而顯得疲憊不堪。

「唔，怎麼辦才好。美紗貴有點忙……」

人家特地跑來邀請她，卻得到這個興趣缺缺的回答。

唔，居然敢拒絕哥哥的邀約，真是囂張。

「哥哥拜託我來邀請妳參加。妳不參加的話，我會很困擾。」

「學長嗎……可是，我已經很久沒有見到他了。」

她嘆了一口氣。清純的臉蛋上蒙上一層陰霾。唔唔唔，一陣子不見，她變得憔悴不少。

看樣子哥哥畢業後，這兩人便不太聯絡，因此產生了距離。不曉得是因為這個原因，還是因為準備考試而變得無暇顧及，總覺得她變得有些自暴自棄。在咖啡廳打工時，在旁人面前大方展現的自傲美腿，現在也隱藏在絲襪底下。

「對不起，坂本妹妹。美紗貴還是不參加好了，沒有那個心情。」

「咦？」

於是，美紗貴露出弱不禁風的笑容道別，準備從雪瑚面前離去。

等等——

「等……等一下！既然如此，更應該利用這個機會再次跟哥哥互動！這種程度雪瑚可以容忍！」

然而，雪瑚的話沒有打動她。

「……反正學長很有女人緣，或許已經在大學交到女朋友了。美紗貴不想看到那樣的學長。」

「啊……」

香寺美紗貴悲傷地壓低音量，「我先失陪了」準備轉身離去。糟糕。

這樣下去聖誕派對馬上有人缺席，明明難得受到哥哥的拜託。

「……只能這樣了。」

雪瑚下定決心。

然後奮力揮起右手——

「嘿！」

——啪！

「好痛！」

在灰色的天空下，清脆的聲音響徹四方。

這是什麼聲音？

這是雪瑚猛力拍了香寺美紗貴的腿所發出的聲音！

「坂……坂本妹妹！」

「少天真了！」

我繼續拍了一下！

「等等，好痛！妳……妳在做什麼？住手！」

「吵死了！都是穿上這個無聊的東西害的！而且，妳搞錯了一件事！」

「搞錯……？」

沒錯。

「妳剛剛說『學長很有女人緣——』。」

「……這不是事實嗎？」

「的確是事實。可是——」

可是……可是……

雪瑚深深吸了一口氣，這麼說道。

「給我仔細想想！那個——那個膽小又沒骨氣的傳說中的悶聲色狼，輕易就被一雙美腿拐去，色瞇瞇地被當搖錢樹，一副徹頭徹尾的處男德性又好騙到不行的哥哥會有勇氣去追求女性嗎？」

「————！」

雪瑚用力伸出手指！

……強而有力地指著香寺美紗貴，這麼宣告著。

「的……的確是……這樣。」

她似乎終於聽進去雪瑚的話。

「說得也是……說得也是！那個膽小又沒骨氣到無法掩飾處男身分的窩囊廢，只要換上迷你裙稍微露出大腿，就輕易笑著打開錢包的無敵霹靂輕挑學長，怎麼可能會交到女朋友！無論多麼帥氣、多麼溫柔——那個人終究只是一介處男！」

彷彿發現了世界的真理，香寺美紗貴抬起頭，臉上閃爍著光輝。

嗯嗯，看來說服她了，眼神中透露著希望。不過有點說得太過火了。真是的，要學

學雪瑚。

「那麼，妳願意參加吧。既然如此，哥哥有留言給妳。」

「留言？」

一年半前，哥哥將寫有留言的紙條連同這本名冊一起交給我，我將紙條拿了出來。明明想見對方隨時都見得到，不懂為什麼要寫這種留言，但既然都受到委託了，就要確實轉達給對方。呃，給香寺美紗貴的留言是——

「上面說**『提到聖誕節，就會想到聖誕老人；提到聖誕老人，就會想到迷你裙；提到迷你裙，就會想到美紗貴——呼嘿嘿嘿』**。」

儼然是處男才會寫的噁心留言。真是的，迷你裙什麼的，叫雪瑚穿不就得了。

可是，對香寺美紗貴似乎效果十足。

「我明白了。那天會讓他看見最棒的香寺美紗貴！」她留下這句話，欣然自得地離去。呼，總之搞定第一個人了。要像這樣繼續努力。

接下來——

「要舉辦聖誕派對。」

「哦……」

「是哥哥拜託我來的，他希望你務必賞臉參加。」

雪瑚從櫻姬高中一路走到一戶獨棟房子。

雪瑚被請到目標人物的房間，然後轉告對方這件事。

「小薰，你也要來參加。」

「葛格……嗎？」

木下薰。

一雙大眼、稍長的滑順秀髮、略偏高亢的嗓音，無論怎麼看，活脫都是個美少女的這傢伙，其實是雪瑚的同班同學，是一名國中男學生。但這傢伙不是一般的男孩子。

這傢伙雖然是男孩子，卻喜歡男孩子，是擁有美好興趣的腐男子！

不知道是吃錯了什麼藥，他情緒激昂地向哥哥告白，那件事雪瑚至今記憶猶新。要是兩人就此陷入熱戀就好了……哥哥懦弱的程度真叫人困擾。

順道一提，告白事件後，已經過了一年半，這傢伙跟雪瑚同樣是國中三年級的學生。這一年似乎是他的發育期，長高了不少，現在在學校是最受女孩子歡迎的萬人迷。所以很難在學校談這件事，於是雪瑚專程跑來他的房間

只是這個萬人迷一直走不出失戀的陰影。

這是因為——

「事到如今有什麼好說，葛格已經拋棄我了……」

「小薰……」

小薰說道，側臉充滿著悲傷。

哥哥畢業離開這片土地之後——小薰一直是這個模樣。唔唔，明明哥哥跟小薰是接過吻的交情……雪瑚忍不住同情起他。

「雪瑚，命運是殘酷的。跨越性別、跨越年齡差距，我跟葛格之間孕育了愛苗，但沒想到會以這種方式分開，我已經到了不能作夢的年紀嗎……可是，我對女孩子一點興趣都沒有……身上只會飄著香甜的氣味，不像男孩子那樣會讓我心跳加速。」

「小薰……」

你居然說了這麼深得人心的一句話，你剛剛的心聲與側臉將會出現在我的下本小說中。我整個情緒亢奮起來了。

這件事先擺到一邊，現在必須想辦法說服他。既然受到哥哥拜託，我就得想盡辦法說服他。現役小說家是時候露一手了！

「小薰，那麼這種劇情你覺得如何？」

「咦？」

小薰神情憂愁地站在窗旁眺望天空，雪瑚則站在他的身旁，即興編了一篇故事。

「兩個相愛的男人，受到命運捉弄，遭到殘忍的拆散。可是，要是被拋棄的男人至今仍深愛拋棄他的男人怎麼辦？，可是他無法坦然面對自己的感情，要是這時舉辦聖誕派對怎麼辦？」

「——！」

「或許兩人之間已經沒有了感情……但相隔一年重逢，看見對方長高變成大帥哥，或許會改變心意也不一定。」

「——的確……」

「然後愛意再度萌芽的男人這麼說道。」

雪瑚目不轉睛地注視著小薰。

語氣堅定地說道。

「『——好，來做吧』。」

「咦咦！這樣未免太唐突了吧！」

「小薰，這是一種甜蜜。兩個相愛的男人是不需要言語的，兩個男人互相渴求彼此

——這需要什麼理由嗎？」

「的……的確……兩個男人互相渴求彼此……沒有什麼好奇怪！」

「沒錯，一點都不奇怪。愛情總是來得出奇不意。這是雪瑚的小說原則。」

雪瑚像這樣鼓勵著小薰，成功讓小薰笑逐顏開，並答應出席，之後雪瑚離開了木下家。

「很好、很好，邀請到第二個人了。好，接下來要繼續說服大家出席。」

總之，接下來是第三個人。名冊上的第三個人是——

「唔唔唔！」

看見那個名字，雪瑚忍不住皺起眉頭。唔唔唔……這個光看到就讓人一肚子火的名字，讓雪瑚留下一輩子無法抹滅的創傷的那個女人。應該說這傢伙一出現，會讓哥哥嘗到女人的滋味！終於要跟那個巨乳女再次對決了！

「給我等著吧……真田霞！」

「要舉辦聖誕派對。」

「咦？雪瑚嗎？」

「是哥哥拜託我來的，他希望妳務必賞臉參加。」

隔天中午。

在萬里無雲的天空下，雪瑚搭電車一路轉車來到一所大學。

無視於寒冷的天氣，那傢伙坐在校內設置的露天咖啡廳，雪瑚站在那傢伙面前這麼宣告。

「坂本同學嗎……！」

「真是恭喜妳，小霞小姐！」

真田霞。

還有一個留著龐克頭的人（名字忘記了）。兩人都是哥哥高中時期的同學。

真田霞還是老樣子，紮著雙邊麻花辮子，特徵是有著一對與嬌小身材格格不如的巨乳。只是，萬萬不可被她宛如小動物般的外表欺騙，這傢伙才是雪瑚的最大敵人，一直覬覦哥哥的處男之身，是個罪該萬死的超級壞女人！竟然在兩年前奪走哥哥的吻……唔唔唔！

另一個留著龐克頭、感覺隨時會歡呼出聲的那個人，雖然不太清楚，但好像是哥哥的小弟。乍看像是流氓，卻相當彬彬有禮，是一個奇怪的生物。反正這傢伙只是陪襯，髒東西就是要消毒。

順道一提——

正如地點所示，這兩人現在是就讀同所大學的大學生。當我得知小霞因為成績不夠好而無法跟哥哥就讀同所大學時，笑意一整個停不下來。果然妳配不上聰明的哥哥♪然而小霞，應該說是這個辮子壞女人。

看樣子這傢伙升上大學後似乎開始產生了什麼誤解。

「唔～怎麼辦才好～☆其實聖誕節有好多男孩子約小霞出去玩～♪或許會無法出席～？」

煩死人了！

不是普通的煩！

這傢伙升上大學後，似乎從辮子壞女人進化成真正的壞女人了。唔唔……唯有這傢伙我真的不想邀請！

「而且～已經跟坂本同學很久沒見面了～這種會對人家置之不理的男人有點～☆」

「少騙人！我知道上次妳擅自跑去哥哥的租屋處！晚上八點左右，聽到『最後一班電車開走了……』這句話時，我真的很想把她打到倒地不起！至於為什麼雪瑚會知道這件事不重要！雪瑚沒有偷裝竊聽器！

「咦，可是小霞小姐，妳上次不是還發狠說『既然如此，等到年滿二十歲時，我就把他灌醉，來個生米煮成熟飯……』，也主動拒絕追求者，小霞小姐其實至今仍對坂本先生——」

「龐克頭，可以請你安靜一下嗎？你還想要……到天亮嗎？」

雪瑚感到氣憤不已的同時，這兩人像這樣交談著。

龐克頭瞬間發出「嗚噫噫噫噫！」的叫聲，然後擋住胯下縮到一旁。到……到底是曾經發生過什麼事……

這件事先擺到一邊，我才不想邀請這種讓人火大的女人。但比起雪瑚的個人感受，哥哥的任務是最重要的。既然如此——

「其實哥哥有留言給妳。」

「咦？留言？」

哥哥一年半前將給這個女人的留言託付給我。

唔唔唔……實在不想將留言轉告給她，但要吞下眼淚，雪瑚Fight！

「那麼我要唸了……『小霞好久不見！雖然很突然，但我希望妳能出席聖誕派對！如果看見露肩露乳溝的聖誕老人……或許會成為初次的夜晚！哇☆』……以上。」

「————！初……初次！」

唔唔。

這個壞女人的臉上果然開始閃爍著光輝。

「——這麼一來，原本……打算花一年策劃生米煮成熟飯的計畫……」

然後她開始喃喃自語起來。唔唔唔，有股非常不祥的預感。當天不能離開哥哥半步。哥哥的處男之身交給雪瑚來保護！

「那……那麼我決定要參加！」於是小霞答應要參加聖誕派對。

接下來雪瑚離開了校園。呼，任務總算完成。

好，接下來——哦，是個讓人期待的人。

「下一個是清爽帥哥風城哥哥。」

「要舉辦聖誕派對。」

「聖誕派對？」

「是哥哥拜託我來的，他希望妳務必賞臉參加。」

接下來造訪的地方是位在都內某處的小蛋糕店。雪瑚向沒有客人上門而顯得百無聊賴的工讀生搭話。

「那是坂本提議的嗎？」

風城隆行。

他跟哥哥就讀不同所高中，年紀一樣大，是從高中時期便很要好的其中一人。清爽帥哥給人留下非常好的印象。

更重要的是，哥哥有時會說「只有風城了解我的一切」，兩人之間的關係相當密切！一切是指什麼！是指那個還是這個嗎！哇哇！

他現在也就讀都內的一所大學，跟哥哥一樣一個人獨居，靠打工維持生計，聽說將來想要成為老師。我想這一定是藉口，他肯定是想在上課時對哥哥做見不得人的事。引人無限遐想。

「沒錯，是一年半前拜託我的。**『一年半後的聖誕節，我希望妳召集大家舉辦聖誕派對』**。」

「一年半前……」

唔唔，他好像是想到什麼。

風城穿戴著聖誕節風格的圍裙與帽子，用手抵著嘴唇開始在思考。煩惱時的模樣也很帥氣。

「啊，有留言要給風城哥哥。只要聽完留言，風城哥哥一定會願意參加——哥哥這麼說的。」

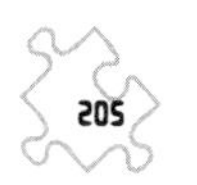

「嗯？留言？」

雪瑚接著開始朗讀。

朗讀一年半前的哥哥寫給風城哥哥的留言。

「那麼我要唸了，『嘿！被眾人遺忘的我回來了！帶給風城同學一個大消息！

「我」竟然——能夠短暫復活！敬請期待聖誕派對☆』……內容大概是這樣。」

？？？

老實說我完全看不懂意思。復活是什麼意思？不過哥哥老是說些奇怪的話。

只是——

「…………………唔。」

怎麼回事？

風城哥哥整個凝重了起來，開始陷入沉思。

「難不成……不，既然是那傢伙……莫非……」

風城哥哥喃喃自語著，悶頭苦思了好幾分鐘。

風城哥哥突然露出恍然大悟的表情——

「——呼……哇哈哈哈！」

「！」

他突然笑了出來。

「啊，原來如此，復活嘛，或許真的是復活。這樣子……坂本也會感到高興吧。」

然後說出這句話。

咦？哥哥？？？？

結果——

雪瑚仍是一頭霧水，「我懂了，我一定會出席聖誕派對。」風城這麼說完，然後便與雪瑚道別。唔唔唔，基本上算是完成任務了……真是搞不懂狀況。哎，耿耿於懷也無濟於事。

「算了，接下來是最後一個人，要重振士氣才行。」

這是因為要出一趟遠門去見最後一個人。而且只有這個人不是留言，而是一封厚厚的信。所以——這個女人恐怕就是雪瑚要對付的最終頭目！

冬天的蔚藍天空既冰冷又舒爽，雪瑚搭電車一路轉車前往的目的地是——

「給我等著吧……月村千秋！」

「要舉辦聖誕派對。」

「咦？」

「是哥哥拜託我的，他希望妳務必賞臉參加。」

走進號稱第一學府的狹窄大門，穿越遼闊的校園——終於在交誼廳找到那傢伙，雪瑚扠腰站在她的面前。

「……呃，妳是哪一位？」

「我是坂本秋月的妹妹，坂本雪瑚。」

「——！」

她臉上錯愕的表情隨即轉變成驚訝。

月村千秋。

住在神奈川縣的大豪宅，是個跟哥哥同年紀的女人。

一頭烏黑亮麗的長髮，晶瑩剔透的白皙肌膚，以及人人想要擁有的端正五官。哥哥身旁很多美人，但這傢伙是之中的佼佼者。

這可能就是原因。

不知為何，哥哥有陣子格外勤快地去見這個神祕的女人。現在就讀知名的一流大學，擁有完美的外表與頭腦，是個讓人憎恨的女人。

然而，不能被她冰山美人的外表所欺騙。

這個女人竟然經常讓哥哥搓揉自己的胸部，是前所未有的無敵霹靂黑暗壞女人！利用哥哥的溫柔，盡情耍任性。正常來說，我是絕對不會讓這種惡女接近哥哥！

可是……

（她還在坐輪椅。）

看見那女人的雙腳，我忍不住別開了視線。

兩年前跟蹤哥哥……咳，是在一旁守護哥哥的時候，從第一次看見這個女人的時候，便一直坐輪椅。原本以為她只是骨折一類，但恐怕——

正當雪瑚思考著這些事情——

「不好意思，各位，請讓我跟雪瑚小姐兩人單獨談談。」

月村千秋向身旁的朋友這麼說道。

唔，不但兼具外表與頭腦，連朋友都有啊。太過受到上天眷顧，反而讓人火大，果然不需要同情！

然而，相較於雪瑚的憤怒，千秋的態度截然不同。

「雪瑚小姐，謝謝妳專程跑這一趟，很遠吧？妳是為了轉告我這件事才跑來見我的吧。」

「——咦？啊，是……是啊，要感謝我。」

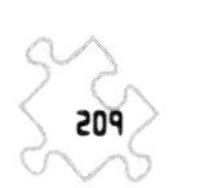

讓人意外的是，千秋對雪瑚露出溫柔的微笑。我……我不會上當的！一定是演技！雪瑚曉得這女人曾經痛罵過哥哥。趕快把事情解決就走！

「我是要拿這個給妳，是哥哥要給妳的。心存感激地收下吧。」

雪瑚帶著戒心，將一封有著可愛色澤的厚厚的信遞了出去。

『妳只需要將這封信交給千秋♪只是，希望盡可能直接交給她～』

以上是哥哥一年半前吩咐的指示。為什麼唯獨這傢伙不是傳話，而是要送信給她。仔細一想感覺怪怪的，莫非是要約她約會。今天開始要小心提防並跟蹤她才行。

「這是……！」

另一方面，看見信封上的**『給千秋』**，月村千秋驚訝地睜大雙眼。然後──

「……雪瑚小姐，不好意思，可以請妳去買什麼飲料過來嗎？雪瑚小姐可以選自己喜歡喝的。」

「咦？」

她這麼說完，將鈔票塞進我的手中。唔，她是想說雪瑚會打擾到她閱讀哥哥的信嗎？真是沒禮貌的傢伙！

雖然這麼心想，但月村千秋露出一臉嚴肅的表情，雪瑚只好去買飲料。雪瑚我可是懂得察言觀色的孩子，特地繞去遠處的自動販賣機好了。

於是在校園內閒晃了十分鐘左右，時間差不多了——雪瑚將鈔票放進自動販賣機，買了兩罐紅茶回去——

「——！」

雪瑚目睹了一個令人意外的景象。

咦……咦……？

（她……她在哭嗎？）

竟然——

不知為何月村千眼眶泛淚地捧著那封信。

咦？啊，呃……怎麼辦才好？哥……哥哥到底在信上寫了什麼？

雪瑚感到困惑，但不能對正在哭泣的女性置之不理，於是誠惶誠恐地走回到月村千秋的面前——但在不明白狀況之下安慰對方也很奇怪。

咖啷——

「我……我買了紅茶回來，心存感激地喝下吧。」

「——啊。」

我拉開罐子的拉環遞了出去，盡可能不要對上她的臉。順便附上手帕。瞧，雪瑚沒有看見也沒有發現，所以趕快擦拭眼淚吧。雪瑚只要看見哭泣的人，自己也會感到難

過，忍不住想哭。

「…………」

然而，月村千秋卻遲遲沒有擦拭淚水。

咦？到底在做什麼？趕快擦啊。

雪瑚邊想邊偷瞄了旁邊一眼，頓時對上視線。

「——呵呵，妳真溫柔耶。」

「咦？」

「跟你哥哥一模一樣，呵呵。」

「————！」

不知為何她邊說邊笑了出來，臉上充滿光彩。

居……居然可以笑得這麼溫柔。雪瑚莫名心跳加速了起來，不……不不，我不會上當的，這傢伙是超級壞女人。

可是——

「雪瑚小姐。」

「怎麼了？」

「妳喜歡哥哥嗎？」

「咦！為……為什麼突然說這個？」

這是為什麼。

「我……很喜歡他。以前有個——不，是現在仍然很喜歡的男性，但我喜歡秋月同學喜歡到有點移情別戀。」

「…………唔。」

總覺得注視著這個溫柔的微笑……一切都變得不重要了。

「我曾經很討厭自己，希望能夠一死了之。也曾經憎恨這雙腳，深陷痛苦之中。」

「啊……」

月村千秋娓娓述說著，不像是對著雪瑚——而是像對著其他人。

「可是，讓那樣的我改變的正是妳哥哥。他雖然有些地方不擅表達，仍全心全意地對待我……那個舉動讓我感到非常窩心。」

「…………」

「他很溫柔，他真的比任何人都還要溫柔。恐怕本人也沒有發覺吧，可是，他無疑是個溫柔的人。總是會將其他人擺第一，即使遇到困難、感到絕望，嘴裡發著牢騷，但還是為了其他人去努力。明明碰到自己的事情會變得很膽小，但碰到其他人就變得理所當然一樣，對其他人伸出援手。拜此之賜，雖然只有一下子，但我學會走路，也學會露

出笑容。他真的是個溫柔又堅強——充滿光輝的人。」

「……唔。」

語畢，月村千秋帶著溫柔的微笑，再次將視線落在信上。

同時，雪瑚一時之間說不出話來。

（這……這是第一次……！）

至今有不少女人周旋在哥哥身旁。

可是——可是，能夠如此正確理解哥哥的人卻是頭一個！這個人難不成非常會觀察人！

「抱歉，雪瑚小姐，對妳說了無關的事。閱讀這封信，讓我忍不住回想起過去。」

「不……不用在意，這很正常。」

「呵呵，謝謝妳。有妳這樣溫柔可愛的妹妹，所以秋月同學才會也那麼溫柔吧。」

唔……這……這是什麼難為情的感覺。為什麼她可以若無其事地說出這種難為情的話。

然而，月村千秋更進一步地。

「咦！呃，妳在做什麼？」

「一下子而已，不要緊。這都是多虧了妳哥哥。」

月村千秋逕自從輪椅上站了起來，然後緩緩朝雪瑚踏出步伐，顯得相當熟練。

於是——

「呼……」

「呵呵，我抓到雪瑚小姐了。對不起，因為我是么女，沒有弟弟妹妹……這樣做一直是我的夢想。」

千秋伸手撫摸雪瑚的頭。

她用溫暖又白皙的手撫摸著雪瑚的頭。

這……這是什麼感覺，好香又好溫暖……糟糕，感覺會上癮。這……這個人我或許願意喊她姊姊——

「請讓我參加聖誕派對。我們一起跟妳哥哥玩吧。」

「是……是的……」

「呵呵，妳好可愛。」

「～～～唔。」

像這樣摸頭摸了數分鐘左右。

「那麼聖誕節見。」月村千秋說完後，雪瑚與她道別，踏上了歸途。唔唔，臉頰還很燙。可是，感覺心情好舒暢。真是個天使般的人。

這件事先擺到一邊，召集人馬的任務總算大功告成。
「剩下是——」
寄郵件給最後一個人。
難得這麼努力，要好好慰勞我才行。
「等著我吧。」
『給哥哥，我完成約定了。聖誕夜你一定要回來。
雪瑚留。』

●●◖◖◯◗◗●●

「好冷～……」
十二月二十四日的下午七點左右。
我——坂本秋月從租屋處回到這座令人熟悉不已的家鄉車站。久久返鄉一趟，但因為太過熟悉，反而沒有懷念的感覺。看見裝飾成聖誕節風格的擺飾與巨大聖誕樹，也只是感到很寒冷而已。
「不過，雪瑚那傢伙是打算做什麼？」

前幾天我的妹妹雪瑚寄了一封郵件，郵件上寫著『我完成約定了。聖誕夜你一定要回來』。

我看得一頭霧水，加上年底預定要出席聽講，於是我回了『不行，抱歉』。『人家真的很努力……』雪瑚卻表現得比往常還要頑固，剛剛也寄了一封郵件過來，感覺她的眼淚隨時都要掉下來，於是我不得不屈服，決定回老家一趟。

我按照約定來到車站前，心想接下來是要做什麼時——

「啊，找到了！」

「喔，雪瑚嗎？」

背後傳來妹妹的聲音，我轉過身去，映入眼簾的卻是令人意外的景象。

「啊，坂本同學！」

「學長！」

「葛格！」

「喔，坂本。」

「坂本先生，嗨！」

…………

「咦咦！小霞加上美紗貴還有大家！」

在巨大的聖誕樹底下。

一起度過高中時期的夥伴們，齊聚在樹下。

「葛格！好久不見！」

首先跑過來的是一名美少女，也就是偽娘木下同學。

喔喔……感覺個子變高了呢。他用兩隻手握住我的手，總之可以先放開嗎？不尋常的力量與陰暗的眼眸很嚇人。

「坂坂坂……坂本同學，好久不見！啊啊，我好想見你喔。」

「學學學……學長，好久不見。我我……我好開心喔。」

接著衝過來的是小霞與美紗貴這對美少女組合。

不愧是女孩子，才跟這兩人一陣子沒見，感覺變得有幾分成熟。只是……

（這是什麼打扮……）

這麼寒冷的天氣，一方是穿著迷你裙的聖誕裝，另一方是穿著露肩露乳溝的聖誕裝。拜此之賜，兩人冷得牙齒直打顫，無法好好說話。

而且——

「話話……話說回來，這身打扮如何？是是……是為了坂本同學準備的喔。」

「學……學長你滿意嗎？今今……今天的美紗貴，是你所期望的香寺美紗貴嗎？」

「呃……為什麼要打扮成這樣？」

「「————」」

我這麼回答，只見那兩人頓時石化般的僵在原地。

怎麼了？

「坂本，好久不見。」

「坂本先生，好久不見！」

正當我感到困惑時，接下來出現的是風城與龐克頭。喔喔，好久不見！你們……沒什麼改變嘛，男人就是這德性吧，我也沒有改變。

然後然後——

最後是老樣子板著一張臉的——

「嗨，雪瑚，好久不見。」

「……哼，看見你我也不會感到開心。」

我的妹妹雪瑚。

上次見面是在盂蘭盆節的時候吧。老實說，沒有久違的感覺，但還是當成好久不見吧。畢竟我的確也很想念這張苦瓜臉。

「那麼，這麼突然是怎麼了？是打算舉辦聖誕派對嗎？」

「你在說什麼啊，是哥哥自己拜託我這麼做。」

總之我好奇一問，雪瑚卻這麼回答。

受我拜託？

什麼？

我感到疑惑，隨即雪瑚這麼說道。

「只要將這個還給哥哥，一年半前受到拜託的任務便結束了。」

「咦…………啊。」

雪瑚邊說邊遞出一個信封，看到上頭的字跡讓我當場語塞。

那是——

『在一年半後的聖誕夜還給我！』

曾經是我另一半的少女——夢前光寫給我的信。

於是我頓時明白了一切。

過去的夥伴不約而地在聖誕夜聚集一堂，以及一年半前受到我拜託的這句話，加上眼前的這封信。

難不成——

「————！」

我連忙收下信，無視於一臉詫異的雪瑚，立刻拆開信封。

『給坂本同學。』

裡面放著兩張信紙，第一張第一段寫著這句話。接下來的內容是——

『呀喝，好久不見！坂本同學，我們又再次見面了！小光駕到！』

「夢前光……」

那傢伙寫給我的信，隔了一年半才寄到，我立刻開始閱讀。

過去每天會看見的那個充滿活力的字跡，讓人立刻聯想到那傢伙的笑容。沒想到會在這種時候再次看到。

『好，坂本同學現在是大學生了吧？這次很抱歉，我擅自拜託雪瑚舉辦聖誕派對。可是，有件事無論如何我都想在離別的一年半後告訴坂本同學。所以……請聽聽我的「聲音」——』

「…………」

最下面畫著插圖，是扮成聖誕老人的夢前光。第一張信紙到此結束。我慢慢地深呼吸，繼續閱讀下去。

不要緊，無論寫了什麼——我都不會哭泣了。

回想起過去的約定，我拿起第二張信紙，然後開始閱讀。

我所心愛的另一半。

最心愛的少女留給我的訊息——

『坂本同學…………反正升上大學也還是處男吧ｗｗｗｗｗｗ所以我才會召集大家，趕快從處男畢業吧ｗｗｗ噗噗噗噗ｗｗｗｗｗ』

「…………」

到此結束。

…………

哈哈哈，沒想到——

一定是背面還有寫東西……不，其實是信封內側有寫東西……或者其……其實是倒反過來才看得出的隱藏訊息……

「…………」

我將兩張信紙仔細摺好，放回信封裡。

然後，我——

「把我的感動還給我啊啊啊啊啊啊啊啊啊啊啊啊啊啊！」

我放聲大喊！雖然在戶外，我仍竭盡全力地嘶吼著！

可想而知的是，包括路人在內，所有人都露出驚訝的表情。因為……因為——那個笨蛋！竟然久隔一年半做這種無聊的惡作劇！咦？真的只有這樣？騙人吧！

「你現在滑稽的模樣就像是按照情書指示前往體育館後方，卻發現是整人遊戲時的模樣。」

就在這時，我的耳邊傳來一個懷念的冷酷聲音。

「——千秋！」

竟然——

出現在眼前的是坐在輪椅上的千秋。那傢伙穿著保暖衣物，頭上不知為何戴著一頂聖誕帽。

「千秋也被邀請了嗎？」

「是的。你的心上人似乎是個很不坦率的人。」

「咦？」

「這封有寫了真心話喔。」

千秋說完，拿出一封信，跟我不同，是很厚的一封信。這傢伙似乎也有收到夢前光的信，我急忙拆開信紙，同時納悶為什麼千秋收到的信比我的厚。

信上寫的內容是——

『千秋，好久不見！我是大家的英雄小光！處男坂本同學總是受到妳的關照☆好的，若有按照計畫進行，我正在寫的這封信，在一年半後會由雪瑚轉交給千秋。然後，關於這封信的重點……這次！小光決定要在一年半後舉辦聖誕派對！啪啪啪！鼓掌！很抱歉這麼突然，可是我無論如何都想在聖誕節召集大家。因為——』

信在這裡中斷，換寫在第二張。

腦海中響起不曾聽過的聲音，我繼續閱讀著。

『因為……我不想被坂本同學忘記嘛。一開始雖然覺得忘記我會對坂本同學比較好，可是我還是不希望被他忘記。偶爾，真的只要偶爾就好，我希望他能夠想起我。聖誕節讓我耍一下任性應該無妨吧？』

「…………唔。」

信上還有一段話，讀完那段話，我頓時恍然大悟。

不希望被忘記，所以才會久違地召集大家舉辦聖誕派對。當下我無法理解這是什麼意思，但下一刻便明白了。

因為眼前的每個人將答案說了出來。

「話說回來，真田學姊，真的好久不見了。滑雪板之旅時承蒙妳的照顧。妳沒搭到纜車時露出的滑稽表情，這個美好的回憶至今仍保存在我腦海中。」

「美紗貴，真的好久不見。之後妳一個腳滑，一屁股摔倒在地的狼狽模樣，我至今記憶猶新喔。噗噗。」

這兩人是在聊夢前光策劃的滑雪板之旅。

「雪瑚，葛格變得好帥氣……怎麼辦，要再寫一次情書給他嗎……」

「雖然我贊成你這麼做，但不要再用那種會讓人混淆的方式。雪瑚可是真的有在煩惱要不要跟你交往。」

這兩人是在聊讓夢前光情緒大為亢奮的情書事件。

「風城先生，好久不見！如何！要不要久久性感美夢一次——」

「龐克頭，不要形容成像是去喝一杯一樣……」

這兩人提到的令人懷念的名字，是夢前光一手創造出的英雄名字。

啊啊，原來是這樣。夢前光，這就是妳的用意吧。

『只要大家聚集一堂……坂本同學也會想起我吧。』

原來夢前光感到害怕。

害怕自己被人遺忘。

在自己不存在的這個世界，對於被我忘記這件事害怕到不行。

高中畢業後，大家各分東西，一旦身旁沒有認識高中時期的朋友，或許自己便會漸漸被淡忘。這就是夢前光所害怕的，所以那傢伙選在大家各分東西的這個時間點，決定舉辦聖誕派對。

『只要有大家在，必有我在。』

夢前光彷彿想要告訴我這件事，只見小霞他們暢談著過去，那些全都是我跟夢前光一同共度的高中回憶。大家聚在一起笑得開懷地敘舊——夢前光便會復活。

「……怎麼可能會忘記。」

在世界的某處。

我這麼說道，相信那個害怕寂寞的少女也正在眺望著同樣的天空。像妳這種破天荒的誇張女生，我怎麼可能會忘記。

「除了讓你想起她，夢前同學也有為秋月同學做好設想吧？為了不讓大家各分東西，永遠都能維持朋友關係，於是選了雪瑚接下這個重責大任。」

在千秋的聲音催促下，我看向雪瑚，她一臉錯愕地注視著正在吵架的小霞跟美紗貴。她不是選了知道內情的千秋與風城，而是選了雪瑚去召集起分散各地的大家。

理由很簡單，只有一個。

自從夢前光寄宿在我體內，我一直深信自己是最親近夢前光的人。可是，我們背對著背，不能交談也不能碰觸到彼此。然而，有個人不像我們這樣。每隔一天便見得到夢前光，每隔一天便聽得到那傢伙的聲音，每隔一天便能夠碰觸到她。

直到夢前光消失前，一直在身旁支持著她的人是——

「雪瑚其實才是最親近夢前光的人。」

所以她才會拜託雪瑚。

雪瑚必定會將大家召集起來。

雪瑚必定會召集大家，讓自己在聖誕夜這一天重新復活。

夢前光正是抱著這想法，才會拜託雪瑚。

我對著那個嬌小的背影、這個讓我引以為傲的妹妹，在內心表達感激之情。這個小不隆咚的雪童子將我們召集起來，代替聖誕老人，讓夢前光在聖誕節復活。

「啊。」「哇。」

就在這時。

每個人舉起掌心，抬頭看向天空。這個動作讓我也發現到一件事。

「下雪了——」

彷彿看準了時機。

夢前光所策劃的這一天，在這個時刻，從夜空中緩緩飄下片片的潔白雪花。有股懷念的感覺，彷彿時隔許久之後，那傢伙回來了——

「是白色聖誕節呢……隼人同學。」

千秋好像也有同樣的感覺，她用溫柔飄渺的聲音說道。

彷彿正在回味著過去，彷彿內心滿是憐愛，彷彿正在壓抑著什麼。

沉浸在與已經不在人世——心愛的人重逢的感動之中。

「…………」

感到無法承受的我，將視線移回大家身上。

白色的雪花在夜晚漫天飛舞著。

有人伸手觸碰雪，有人眺望著雪，有人一臉懷念地注視著雪。

雪瑚——伸出手，用戴著紅色手套的手打算抓住雪。她拚命地挺直背脊伸出手。看起來既快樂又開心。那傢伙的背影，讓我有種不曾看過的感覺。

「……雪瑚，謝謝妳。以及——夢前光，歡迎妳短暫歸來。」

我眺望著天空沉浸在感傷之中時。

「你們和樂融融地在聊什麼？」

哼。

彷彿可以聽見這個不悅的聲音，可能是發現我一直注視著自己，那張惹人憐愛的苦瓜臉走到我們面前來。

「你們感情還真要好啊。」

然後開始刁難我們。

我不禁與千秋面面相覷，露出苦笑。

「啊，抱歉抱歉，不小心就聊了起來。」

「呵呵，雪瑚小姐，對不起。我將哥哥還給妳，請盡情享受聖誕夜。」

總之——

暫時收起感傷，我們決定也加入大家。

「…………」

「雪瑚？」

雪瑚不知為何低著頭不發一語。

然後她終於開口說道——

「……沒事。我願意接受『千秋姊姊』。」

「啊？」「咦？」

她這麼說道。

…………咦？

我試著思考這是什麼意思，但我的思考被兩個怪聲給打斷了。

「喂喂喂喂喂！雪雪雪雪……雪瑚！」

「坂坂坂……坂本妹妹！妳……妳妳妳妳剛剛說了什麼？」

真是驚人的順風耳。

小霞與美紗貴露出無比扭曲的表情，從數公尺處飛衝了過來，速度快到宛如專門跑短距離的牙買加人。

「奇……奇怪？是我聽錯了嗎？吶……吶，雪瑚，我剛剛好像聽到無論我怎麼拜託妳，妳都不肯說的字眼——」

「坂本妹妹，雖然很突然，但能夠請妳叫我美紗貴姊姊嗎？不需要考慮意義，總之只要這樣喊就夠了。」

然而，面對兩位聖誕老人的苦苦相逼，雪瑚只有別過臉去。

不只這樣，還擺出高高在上的姿態——

「……哼，就憑妳們想被我喊姊姊，還早個一百年。少自作多情了，這群淫蕩聖誕老人！（註：原文ビッチサンタ指女性作性感聖誕老人服裝打扮）」

「「淫——」」

一針見血的一句話。

露肩聖誕老人與迷你裙聖誕老人頓時沮喪地垂下肩膀。

咦，咦……這是……？

「呵呵，哎呀哎呀，沒想到收到這麼可愛的妹妹送的聖誕禮物。雖然我曾經拒絕秋月同學的求愛……但現在可以考慮看看。」

「千秋，妳——不要捉弄我啦。」

千秋一臉愉悅地對我拋媚眼，讓我忍不住面紅耳赤起來。我嘖了一聲，試圖掩飾。

真是的，隼人聽到可是會生氣。

「哎呀，到底在胡說什麼……嗯？」

然而，我沒有空閒感到錯愕。

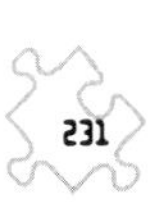

陷入沮喪的小霞與美紗貴，開始竊竊私語起來。她們是在做什麼啊。

「總之先停戰……」

「敵人的敵人是……」聽得到她們這麼交談著。

而且，事情還沒結束。

「雪……雪瑚！既然如此，妳也喊我『姊姊』啊！」

「木下同學，你在胡扯什麼。」

木下同學開始說著莫名其妙的話。

「嗯？什麼？那我也要參選當姊姊嗎？」

「風城，拜託你可以閉上嘴一下嗎？」

接著風城也跟著扮傻。然而，這場混亂尚未結束。

「呃……坂本先生，我應該怎麼做……」

「龐克頭，你不用煩惱！不需要在意這個狀況！」

龐克頭一副忸忸怩怩的害羞模樣，我狠狠地給予吐槽。然而，只憑這樣無法平息這場混亂，這就是夢前光所召集的這群人馬的愚蠢之處。

「既然如此，就假裝剛好將坂本同學的處男之身，沒關係吧？都已經是大學生。」

「咦？小……小霞？」

奇怪？她的眼神染上一層黑暗。

「只要第一個奪走學長的處男之身……畢竟學長很好騙，只要利用這雙腿，馬上就上鉤了。」

「美……美紗貴？」

妳……妳的雙眼已經是漆黑一片了——

然後——

這兩人——一步一步地朝我逼近。啊，不妙了。

本能讓我清楚察覺到危機。

「…………」

這麼一來，我只能這麼做了——

「……雪瑚，快逃！」

「咦？唔啊啊！」

我一鼓作氣——

將頭探進雪瑚的胯下，扛起她落荒而逃。

「啊，等等！坂本同學！」「學長！請等一下！」

背後傳來兩人焦急的聲音。哈哈哈，今天我可是不會等人了。

「喂——哥哥你在做什麼！變態！」
「喔，果然長大了嗎？」
妹妹緊抓著我的頭，在我頭頂上拚命放聲大叫著。
啊啊，還是沒變耶。
她的個子嬌小，頂著苦瓜臉，老愛發牢騷，可是總是那麼努力又溫柔，以及——
「雪瑚。」
我這麼說道。
「謝謝妳。謝謝妳一直——陪伴在『我身旁』。」
各種回憶交織在一起，我將自己的感謝傳達了出去。
無可取代的這一年，然後一路陪伴著我的妹妹。
「……哼。」
只見雪瑚哼了一聲。
一瞬間本來以為——也許她會變得坦率。
結果正如我所料，從那個可愛的嘴唇說出的話——
「所以又怎樣了？你這個人渣不要隨便對我說話！」
接著那張苦瓜臉就別到一旁去。

epilogue

少女擱下筆。

深深地吐了一口氣。

好，這樣就大功告成了，沒有任何問題。少女如此深信著。

她注視著眼前的幾封信。

之後只要交給雪瑚，請她在一年半後的聖誕節交給每個人就行了。

這麼一來，自己肯定能夠起死回生。

他一定能夠理解這個意義。

無論經過多少年，他一定能夠立刻理解自己的想法。

自己絕對會在聖誕節復活。

少女想像著那時的情景。

究竟會是什麼樣的一天。

那天是否有下雪？看得見月亮嗎？呼出的氣息是否會變白？

少女想像著那天的氣溫與景象。

同時，想像著一年半後聚集在一起的大家。

大家是否有改變？

小霞升上大學後，或許會展現出小惡魔的一面。

美紗貴身為考生，或許會顯得疲憊不堪。

風城同學與龐克頭應該沒有什麼改變，已經定型了。

木下同學最難以想像，是最有可能超出想像的人。

雪瑚反而最容易想像，換句話說，沒有任何變化。

然後——

少女想像著最後一個人。

他會變得如何？

一年半後的他，究竟會變得如何？

頭髮差不多應該剪了，態度是否有稍微變得和善？

無法停止想像，少女天馬行空地想像著最心愛的他的未來。

然而，最後還是會得到同樣的答案。

思考到最後，少女可以肯定地說：沒有任何改變。

這個結果同時讓少女感到一股安心。
他是個笨拙、不擅與人來往，卻又充滿魅力的男孩。
少女祈求著他永遠不會改變，永遠都是自己心中最心愛的那個人。
少女懇切地祈求著。
…………
之後，少女繼續沉浸在想像之中。
大家久違地重新聚集在一起，會聊些什麼？
最近過得如何？之後在做什麼？是誰先帶起這些話題？
難得久久見面一次，不可能不會聊到這些。
可是，一定不只會聊到這些，我有這個自信。
大家只要聚集在一起，必定會聊起過去的回憶。
聊起過去的種種。
這些回憶應該都會圍繞著他。
然後，這麼一來——
少女想像著，揚起了嘴角。
這麼一來——自己便能夠重新復活了。

這一刻，他那張驚訝的表情、令人懷念的那張臉，讓少女滿心期待著。

隔了一年半後的重逢，他是否會感到開心？

光是想像著那張臉，描繪著他的內心，笑意便止不住。

開心與期待讓內心雀躍不已。

啊啊，邂逅為什麼會是如此的美好。

少女打從心底這麼認為。

——

然而，就在這時。

（————唔。）

少女發現了一件事，不，是回想起一件事。

自己所描繪的光景，那幅光景所代表的意義。

久隔地開心聚集在一起的大家、想像著這幅景象的自己，這代表了何種意義。

一年半後的聖誕節。

自己——已經不存在了。

（…………）

少女早已知道這件事，也已經接受這個現實，並做好心理準備。

然而，現在想像著快樂繽紛的未來景象，對未來充滿著期待。

讓少女再次體悟到一件事。

自己無法繼續活下去。

必須要跟大家分開。

待在──他身旁的時間已經不多了。

…………

原本臉上洋溢著燦爛無比的笑容，少女頓時低下頭遮住臉。

淚珠滾落而下。

無論怎麼思考──離別還是讓人悲傷。

快樂的日子即將宣告結束。

必須跟至今的所有邂逅說再見。

這個事實，不久即將到來的未來──

讓少女無法不感到恐懼，悲傷與寂寞如潮水般的不斷湧上心頭。

還想要一直待在他身旁。可是，這是絕對無法實現的。

少女哭泣著，不是害怕死亡，而是害怕與他分開。

少女不斷流著眼淚──

『嘿喔喔喔喔喔喔！夢前光，妳好嗎！』

「────唔！」

────

────

然而，就在這時。

突然──

有個聲音響徹這個寧靜的空間。

少女按著差點要跳出來的心臟，環顧著四周，思索剛剛那個聲音到底是什麼。

少女隨即立刻明白那個聲音到底是什麼。

『呼哈哈哈哈哈！嚇到了吧！夢前光，嚇到了吧！』

那個聲音是──手機的鬧鈴。

有人設定好在這個時間播放錄音檔，而且是用最大音量。

少女感到狐疑，但馬上便恍然大悟。

『呵呵呵，妳以為每次被捉弄的都是我，妳就大錯特錯了！我偶爾也會反擊的！而且──』

接下來的那句話讓少女內心一驚。

『世界第一的惡作劇少女——對我做了各種惡作劇喔！印象強烈到一輩子都不會忘記！』

（——————！）

即使在他的聲音停止後，少女仍說不出話來。

然後不知道經過了多久。

少女突然放聲笑了出來。

中計了，被擺了一道。沒想到會被他如此回敬。

同時深深地感到安心。

沒錯，自己的確會消失。然而——

他並不會——因此忘記自己。

既然如此，就沒有什麼好怕的了。盡情揮灑剩下的時間吧。

與心愛的他所剩下的時間。

少女翻開筆記本。

然後，翻到全新的一頁。

好了，該寫些什麼呢。

為了回敬他的惡作劇，少女決定也要惡作劇，讓他感到傷透腦筋。

也想要搭配插圖，畫一張自己親吻他臉頰的插圖如何？他肯定會紅著臉感到困惑。

然後、然後、然後──

一想到他的事情，點子便一個接著一個冒了出來。

沒錯，也在漫畫上寫下留言好了。

讓他翻開漫畫時，便會回想起自己。

不，乾脆在房間各處藏下紙條。

這是只屬於他與我的躲貓貓。我要將不計其數的分身藏起來。

少女邊想邊提筆勾勒出一字一句。

寫給最喜歡的那個人。

寫給拯救了自己的那個人。

寫給明天將死而復生的你。

但願能夠在夢中、在你的面前，成為一道永不熄滅的光芒。

少女在不可思議的筆記本上寫下生命。

Tomorrow, I will die.
You will revive.
I hope to see you again sometime.
By Princess Polaris.

後記

相信購買本書的各位，之前都有買下這個系列的全套小說。所以，可以請您拿出第三集嗎？然後請翻開最後面的後記。上面寫了什麼？寫了這段話。

『下部作品或許不久就能夠問世。』

然後一年之後的今天，請問出版了什麼作品？

短篇集wwwwwwwwwww

……總之，這段期間發生了不少事，對於期待新書上市的讀者大人深感抱歉，用這兩行字來回顧這一年──

編輯大人：「寫得出來嗎？」

藤まる：「瓶頸♥♥♥♥」

以上。（對不起我很抱歉請原諒我。）

所以出版了這本短篇集，其實是這段期間我碰到了瓶頸。雖然我想讀者肯定感到一頭霧水，但為了賠罪，我被指示這次的後記要寫六頁。

六頁……要看完六頁藤まる的後記，擺明是一種折磨嘛……

但既然已經收到指示，我也只能硬著頭皮寫下去。若是寫平常的那些廢文，讀者看完這六頁想必會感到很無聊，於是，我想利用本篇的幕後花絮兼閒聊來賺頁數！

總之，接下來是本日的製作祕話。

★製作祕話①：日雲老師原本是男性角色。

是的，看完讀者寄來的信，似乎微妙有人氣的日雲老師，其實在我報名新人獎的時候，她原本是男性角色。

為什麼設定成男性，因為她是不擅長與人來往的秋月唯一可以傾吐煩惱的人。秋月在我心中的形象是個無法與年輕女性交談的人。

可是，修正階段卻不得不將日雲老師轉換性別。

她明明是我頗為喜歡的角色，要解釋為什麼會變成這樣，這必須談到我與編輯大人的壯烈對談。我們到底談了什麼，用這兩行來解釋——

編輯大人：「可以增加女性角色嗎？」

藤まる：「啊，那將這位老師改成女性。」

以上。

畢竟這是一篇青春戀愛喜劇♪

總之，日雲老師就變成女性了。順道一提，她的名字——「史黛拉」是源自某個國家的語言，帶有「恆星」的意思。重要角色的名字會加入太陽、月亮的相關字，這是我個人的無謂堅持。

★製作祕話②：牙醫與祕密的房間．上

藤まる我很喜歡點心，常常吃個不停，下場就是蛀牙。再這樣下去會影響到原稿進度！我這麼心想，於是前去一間小時候經常上門的牙醫診所就診。

診所的院長跟我從以前就認識，所以診療期間自然會閒聊幾句。這時，我突然發現了一件事。

（又來了……）

不知為何。

醫生在診療期間經常會躲進治療室旁的小房間（？）。似乎——不像是在休息，隔了數分鐘後進去，大約過了十秒又立刻走出來。一直重複著這個動作，我回想起我小時候到診所就診時，也曾經抱著同樣的疑問。

那個房間究竟有什麼東西？是養了蛇尾雞嗎？

這個疑問在某天突然被解開了。

「藤まる老弟，離開前你可以過來一下嗎？」

「唔！」

某天準備回家時，醫生竟然主動招待我進去祕密的房間。

（長年的謎團終於要解開了……）

我懷著緊張的心情，跟在醫生身後，接著，終於踏入祕密的房間。

「其實，藤まる老弟，我——」

「這……這是……！」

藤まる究竟看到了什麼？

——後篇待續。

★製作祕話③：雪瑚原本不存在

在這本短篇集最初一章與最後一章擔任主角而活躍的秋月妹妹——雪瑚。以前或許

曾經說明過，這孩子原本在本篇是不存在的角色，一開始設定秋月沒有妹妹。

那為什麼會出現這個角色。與上述提到的小插曲，日雲老師原本是男性有關。這是因為，若日雲老師是男性——這會導致第一集序盤沒有半個女性角色登場，這是青春戀愛喜劇不可能出現的事態！

（明明是青春戀愛喜劇，這下子不妙了……夢前光又不算是有登場……）

於是，雪瑚這個角色便誕生了。只花兩秒想出的這個角色立刻獲得編輯大人的好評，不但出場篇幅多，還有插圖，甚至登上封面，這是當初難以想像的。

★製作祕話④：牙醫與祕密的房間・下

藤まる在祕密的房間看到的東西是——

「哎呀，其實我在玩股票。因為電腦怪怪的，你可以幫我看一下嗎？」

「原來是股票！」

上班時間是在搞什麼！

……然而，我認為絲毫不浪費時間的這股毅力，正是作為醫生成功的祕訣。抱歉是個很無言的結尾（笑）。

★製作祕話⑤：關於《我將在明日逝去，而妳將死而復生》系列

呃，雖然很突然，但我想聊聊我對《我將在明日逝去，而妳將死而復生》這部作品的感想。

各位想必已經忘記，我因為這部作品得到新人獎而正式出道，所以我對這部作品投下了很多感情。像是第二集因為卡在故事發展，甚至將故事全部重寫；本來決定寫完三集就要結尾，卻還是會感到寂寞。只要能夠用最棒的方式收尾，自己便心滿意足了，但還是會煩惱是不是可以再稍微寫一些……

可是，但是！

雖然自己也不太明白，但各種偶然巧合交織之下，這次讓我實現了「再稍微寫一點」的心願。久違地再次撰寫這部作品，總算彌補我的小小遺憾，著實感到幸運。撰寫自己喜歡的作品果然很開心。這也是歸功於各位的支持，真的非常感謝。

《我將在明日逝去，而妳將死而復生》在這集正式完結！

……應該吧！（笑）

★製作祕話⑥：關於下部作品

最後來介紹製作一本書的過程。（註：書中所指的皆為日本版的情形）

基本上出版過程是循著「企劃→撰寫→修改→校稿」的步驟進行。那麼，藤まる的下部作品現在是在哪個階段呢——

・企劃　↑在這裡

・撰寫

・修改

・校稿

…………

嗯！很順利呢！

雖然籠罩著不穩定的氣氛，但我今後仍會努力下去。凡人的武器正是永不放棄的精神。屆時懇請各位務必支持。等我回過神後，發現已經寫了七頁之多，寫太多了。算了！偶爾也是會這樣的！

那麼，在此感謝您閱讀本書！

藤まる

Kadokawa Light Novels

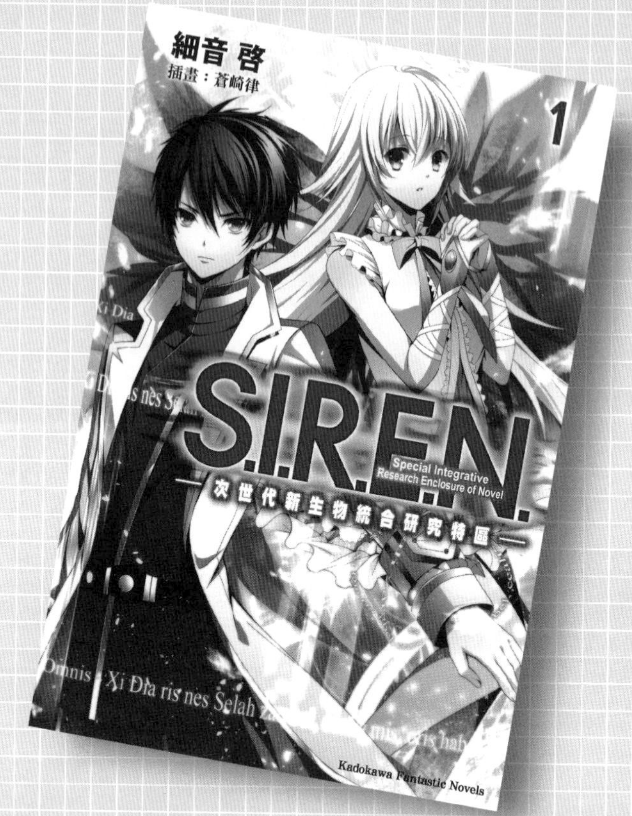

S.I.R.E.N. —次世代新生物統合研究特區— 1 待續

作者：細音 啓　插畫：蒼崎律

當人類的科學與神的幻想交錯時，天使的歌詠便隨之響起！

次世代新生物——乃是再現龍或妖精等虛構物種的生命工學結晶。其最先端研究領域「SIREN」的學生米索拉遇見了一名徬徨街頭，實為天使型生化物的少女飛兒。她正在找尋創造者母親，而創造者的名字「安娜斯塔西亞」對米索拉來說，卻是再熟悉不過——

NT$180/HK$55

台灣角川

Kadokawa Light Novels

©Tamezou 2014

異褲星人大作戰 1~2 待續

作者：為三　插畫：キムラダイスケ

謎一般的金髮少女夏麗亞來襲！
愛意滿載的純情喜劇颯爽第二彈——

　　響子和史崔普的組合，狀況漸入佳境。此時，為了煽動史崔普所屬的守護宇宙和平組織「LORI」出手協助，便以集訓旅行的名目前往本部。與司令面談後，暫時成為隊員的響子在模擬訓練時邂逅金髮少女夏麗亞。菁英隊員的她莫名對響子燃起競爭意識——

各 NT$180~190/HK$55~58

Kadokawa Light Novels

帕納帝雅異譚 1~2 待續

作者：竹岡葉月　插畫：屡那

異世界輪迴奇幻故事第二集，
始料未及的意外接連發生！

睽違六年，理人再度被召喚至異世界帕納肯亞，並成功地封印了魔神。雖然理人再次與伊休安一同被譽為英雄，但是他卻為了是否該就這樣回到現實世界而煩惱不已。這時，他卻發現了同班同學響子所擁有的遊戲機！為了尋找她而前往沙漠小國依耶馬路特——

各 **NT$200~220/HK$60~68**

台灣角川

Kadokawa Light Novels

盜賊神技～在異世界盜取技能～ 1~2 待續

作者：飛鳥けい　插畫：どっこい

人怎麼可能如此輕易地選擇死亡？
誠二的成長物語第二幕開始！

獲得外掛技「盜賊神技」的誠二轉生來到異世界伊莉斯，一面強化自己，一面與獸人少女莉姆共同享受異世界的生活。某天，誠二偶然邂逅領主的女兒瑪莉塔與執事羅金斯。但瑪莉塔卻被神祕的二人組襲擊並遭到綁架……!?

各 NT$220~240/HK$60~75

夢沉抹大拉 1~5 待續

作者：支倉凍砂　插畫：鍋島テツヒロ

不眠的鍊金術師帶來正統奇幻故事，以被神遺棄的城市為舞台的第五彈登場！

騎士團和庫斯勒等人利用噴火龍逃出了卡山城，並在港都尼盧貝爾克與同伴會合，試圖東山再起。但尼盧貝爾克的鐘在鑄造上出了問題，每次鑄造都會皸裂損毀。這時，庫斯勒接收到把鐘製造出來的命令。鐘的製作要是失敗，亦即意味了「毀滅」的到來——

各 NT$200~220/HK$60~68

Kadokawa Light Novels

丹特麗安的書架 1~8

作者：三雲岳斗　插畫：Gユウスケ

這次是黑之讀姬妲麗安
找尋夾心餅乾與青蛙繪本的冒險！

某天，卡蜜拉帶著抹了豐厚奶油的超人氣罐裝夾心餅乾「羅西提」前來拜訪妲麗安與修伊。罐子裡還附了一本以青蛙為主角的小巧繪本，餅乾附贈的繪本全部共8種，不開罐就無從得知會開出哪一本。為了尋求「羅西提」，妲麗安穿梭於幻書間展開冒險……

各NT$180~200/HK$50~55

台灣角川

國家圖書館出版品預行編目(CIP)資料

我將在明日逝去,而妳將死而復生. 4,
Sunrise&Sunset Story / 藤まる作 ; 噓子譯. -- 初
版. -- 臺北市 : 臺灣角川, 2015.05
面 ; 公分
譯自 : 明日、ボクは死ぬ。キミは生き返る。.
Sunrise & Sunset Story
ISBN 978-986-366-507-6(平裝)

861.57 104005308

Kadokawa
Fantastic
Novels

我將在明日逝去，而妳將死而復生 4（完）

～Sunrise & Sunset Story～

（原著名：明日、ボクは死ぬ。キミは生き返る。～Sunrise & Sunset Story～）

2015年5月16日　初版第1刷發行
2018年8月3日　初版第3刷發行

作　　者：藤まる
插　　畫：H_2SO_4
日版設計：荻窪裕司
譯　　者：嘘子

發 行 人：岩崎剛人
總 經 理：楊淑媄
資深總監：許嘉鴻
總 編 輯：蔡佩芬
編　　輯：林吟芳
美術設計：黃永漢
印　　務：李明修（主任）、黎宇凡、潘尚琪

發 行 所：台灣角川股份有限公司
地　　址：105台北市光復北路11巷44號5樓
電　　話：（02）2747-2433
傳　　真：（02）2747-2558
網　　址：http://www.kadokawa.com.tw
劃撥帳戶：台灣角川股份有限公司
劃撥帳號：19487412
法律顧問：寰瀛法律事務所
製　　版：尚騰印刷事業有限公司
ISBN：978-986-366-507-6
香港代理：香港角川有限公司
地　　址：香港新界葵涌興芳路223號
　　　　　新都會廣場第2座17樓 1701-02A室
電　　話：（852）3653-2888